半亩花田

马翎 著

陕西新华出版

太白文艺出版社·西安

图书在版编目（CIP）数据

半亩花田 / 马翎著. -- 西安 : 太白文艺出版社,
2025. 1. -- ISBN 978-7-5513-2894-4

Ⅰ. I227

中国国家版本馆CIP数据核字第2024N20D48号

半亩花田
BANMU HUATIAN

作　者	马　翎
责任编辑	张宇昕
整体设计	建明文化
出版发行	太白文艺出版社
经　销	新华书店
印　刷	西安市建明工贸有限责任公司
开　本	787mm×1092mm　1/16
字　数	120千字
印　张	16
版　次	2025年1月第1版
印　次	2025年1月第1次印刷
书　号	ISBN 978-7-5513-2894-4
定　价	68.00元

序一 ❋ ❋ ▪ ▪ ▪

白纸上流浪，心田里种花

黄土层

翻开任何一本现代诗集，首先必须直面的问题是何为现代诗，其次才是具体的诗歌文本。简言之，诗歌是文学作品里的特殊文体，现代诗歌只不过是将"现代"和"诗歌"牢牢捆绑在一起的一个标签。当过度沉溺于"诗歌"的幽深意境的时候，我们发现"现代"才是艺术迷津的津渡；当过于沉溺于"现代"的现实困厄的时候，我们发现"诗歌"也是突破现代化困境的一支林中响箭。说到底，现代诗就是用诗歌的方式给予尝试性解剖、解说和解答。差别在于，有些人会有意识地聚焦这个问题且保持敏感度，有些人则反应相对迟钝一些。

现在是五月，才刚刚立夏。春夏之交，阳光，雨水，青草，繁花，冷暖，阴晴，诡谲多变的云彩，不可捉摸的天气成为这个季节的主要特征。而就在此时此刻，陕西榆林籍诗人马翎寄来诗集《半亩花田》，并嘱我作序。马翎的诗歌我之前零星读了一些，这一次比较系统地阅读了这个集子，一个突出的印象是：这是一个爱美、追求真朴、心态稳定的现代女性，她所关注的风物、意象、事件、情感都是在一个良善的心底上铺展开来的。马翎是米脂人，具有"米脂婆姨"善良、能干、聪慧的品格，这也为她的诗歌奠定了一个温厚宽阔的基调。写诗是一条艺术精进之路，艺术让一切所见丰沛饱满，充满活力，最大限度地消解了现实生活中种种事务莫名其妙的挤压和剥蚀。

诗集《半亩花田》分六辑："镌刻时光""撞怀春天""点燃星星""爱上月亮""绽放雪花""半亩花田"。一句话概括，这些诗行多涉风花雪月，这没有什么不好，因为好的诗歌无须避开"风花雪月"，而只会在其间拓展和超越。人为和自然似乎存在对立，但本质上人也是一种自然，天人合一一直是一种大境界。我们不妨顺着马翎的眼睛看过去，看看她究竟看见了什么。

一、亲情诗是诗歌所挖掘的情感通道

对于这个问题，印象深刻的是这几首诗：《最爱我的人走了》《停摆的闹钟》《致襁褓中的儿子》《打酸枣的母亲》《神一样的称呼》。

《最爱我的人走了》写的是父亲。这首诗将一个女儿对父亲的敬爱表达得淋漓尽致。其中几句，读来令人动容："走在开满苦菜花的山坡上/我又想起了您，爸爸""一身干净的中山服/那灰白色是永恒的""您带走了滔滔苦水/留下笑容，像人间的浪花/一直在儿女的心里/泛起涟漪。不知道那些苦水是否/已经凝结成岩石，形成煤""爸爸，病魔平息了您四十七年的风雨/让我们的孝心无处交付""如今，随着四十七个春秋的终止/人间的遗憾绵绵如烟尘/一直呛着我们"。这首诗适合默读，也适合朗读。默读是将情感化作泪水自我吞咽，朗读则是把悲声抒发开来，传播到广阔的场域。情感的真挚殷切，能引起广泛的共鸣。这种写法的抒情色彩很浓郁，在叙事的过程中夹杂了很多诗性的思考。

而这首《停摆的闹钟》，则是另一种写父亲的诗歌。从写作的价值上讲更高明。全诗如下：

窑掌里的自鸣钟，停摆了
每次让母亲换只新的

她总说不打紧

母亲说，别看有时候不动了
平时走得挺准的
换个电池就行了

多年后，我才发现
那只闹钟一直停滞在五点八分
陪伴着不善表达的母亲

当我决定换只新的
动手摘下那只
一尘不染的闹钟时

母亲缓慢地说，其实这只闹钟
已经停了十九年零七个月二十三天
我心头一热，想起离世的父亲

这首诗与《最爱我的人走了》形成鲜明的对比，感情不再直露，而是在巧妙的叙事中隐含了母亲对父亲的感情。一个自鸣钟的停摆表面看是一个物理事件，实际上是一个情感事件。母亲对父亲的思念已经持续了"十九年零七个月二十三天"了，这个惊人的秘密被诗人勘破，打通了漫长的时间壁垒，逝去的亲人仿佛一直和家人在一起。

《致襁褓中的儿子》中写道："因为有了你，妈妈更像一个大人/曾为黑暗哭喊的我，如今却像一只狼/守护着你　守护着夜//你是妈妈笔尖最流畅的语言/不善表达的妈妈，提起你洋洋洒洒……"

一个母亲的骄傲和在人间的全部自信在一个孩子出生之后赫然建立起来了。换句话说，是母亲生育了孩子，但同时孩子也创造了母亲。

《打酸枣的母亲》读来令人忍俊不禁。农村社会在城市化进程里日渐衰落了，经济结构决定了不再是刀耕火种的景象而是原始采集。"打酸枣"就是原始采集活动。在寿宴上，母亲为了多打几颗酸枣卖钱，竟然"迟到"了。儿女们的嗔怪让母亲甚是难为情，像做错了事的孩子，连连发誓，口头保证。她的双手合十正是一尊"迟到"的佛，充满了喜剧色彩。这一类亲情诗不仅拓展了写诗的方式，也是诗人情感和认知提升的一个契机。

二、春天引发的思绪是诗歌写作的酵母

"可以拥有整个天空/也可以/只攥在你的手心"（《风筝》），这首诗很短，但其具有的隐喻性是很明显的，关涉自我教育和子女教育。放手还是不放手，全在一种观念。

"那些伸在半空的寂寞/被春风叫醒"（《春在枝头》），形象地把春天代表的新生、希望、美好和喜悦通过树梢传达出来，拓展了想象空间。

"想你的时候，就写一朵桃花/写它粉色的小花苞/再也摁不住一腔嫣红的醉意/终于层层爆裂/为你，开出了一朵重瓣的桃花"（《写一朵桃花》），马翎诗歌里多是这样抒情性浓郁的句子，她不机械制造惊险，而是沿着日常生活的节奏，"回忆"发生过的情感故事和微妙心跳，不以桃花喻人，而以桃花自喻。她所表达的含蓄，多有几分欲盖弥彰。

"春风酝酿着情绪/藏不住的心事/绯红在枝头"（《撞怀春天》），形象地用自然之美打通心灵。

"把隐藏在我们后面的/我拉出来/对自己说：亲爱的//积攒了多年的雨/忽然倾盆而下/坚硬的心突然间被激活//摘下那张爱逞强

的面具/倚着那个可以靠的肩膀/把自己还原成/那个会撒娇会卖萌的小女子"（《致自己》），还原了自我的本真。

重点读一下这首《雨水》："伴着沙尘，天空就要压下来了/似乎用了极大的克制/二十四节气里的雨水/才没有落下一滴//天气预报说天将有雪/伴随大幅度的降温/冬天的衣服还未装箱/我已学会适应这种无常//雪中的雨，雨中的雪/缠绵在一起的春梦/在这乍暖还寒的人间/一会儿是圆的，一会儿是扁的//交织的冷暖是一世的宿命/春天毕竟已经启程/天空依旧压得很低，那饱满的雨水/迟早是我们的"。

这首《雨水》所呈现的是典型的北方天气，春天来了，气温不是马上就暖了，而是沙尘暴、雨水、雨夹雪、冬装和春装混杂一起。对付这种天气，人们的节奏是乱乱的。诗人落笔十分节制、小心，观察也是细致和准确的。我们会想到路遥《平凡的世界》开头所描写的情景。该诗写得内敛而充满思索，不失为一首佳作。

《儿时的年》《回家过年》《过年随感》《春联》《我是早起的桃花》这几首，寄托了过去时光里最美好的记忆和流光印迹。

三、风花雪月题材透露出诗人风物诗写的纯粹性

马翎诗歌的题材是很广泛的，有时光、星星、月亮、雪花、春风、秋雨……有故乡、黄土地、陕北的山……有夏夜、麻雀、小风车、小女孩、七彩泡泡，有都市的月光，有秋天的叶片，有生命的蓝，有奔跑的人，有悬崖上的树……有格桑花、茉莉花、冰窗花……在她力所能及的条件下，表现出对诗学和美学的观照。如：

"仰望你时/天空一片湛蓝/追逐你时，白云朵朵虚幻/说到爱情/忽然吹来一阵风"（《一串比喻》），写出了意象诗的优美和自然。

"走在田间地头的我/没有魔法棒，只有一把桃花木梳子/梳理着散乱的乡愁"（《下乡的路上》），比喻巧妙，抽象和具象衔接自然。

"飞回习惯了的笼子/飞回主人的思念和守候//世界上到处都是笼子/无非大一点/还是小一点"（《获得自由的画眉》），写出了画眉鸟的哲学。

"时间都给了下一单/外卖小哥，开放在城市里的无名花/散发着迷人的芬芳/知足。是手机里孩子的一声：/爸爸我今天的作业写完了，你早点回来"（《城市里奔跑的橘黄色》），写出了外卖小哥的苦中作乐。

"静夜，我在一张白纸上流浪/那无穷的白/辽阔了我的天空……那些爱着的　感动的/忧伤的　疼痛的，甚至/那些细碎的温暖，都跳跃在纸上//白纸上的流浪/成为我　静夜里欢喜的执着"（《白纸上的流浪》），以形象化的比喻写出了写作对于一个女人的意义。

"一只鸟把我从睡梦中唤醒/那清亮美妙的歌声/常让我有蝴蝶的遐想"（《会唱歌的小鸟》），一种飞跃的心情由蝴蝶来表达。

"一只吉祥鸟，每天清晨/在窗前，为我鸣唱/我打开心窗迎接的刹那/它飞向了不远处的树梢/原来，它只是歌唱自己的生活而已"（《而已》），一种顿悟打消了自以为是的感觉。

"我需要的词很少/在另一个人的发根上/就能找到/那里的雪下得最认真"（《关于雪花》），白发如雪不新鲜，但是诗人的表达具有新鲜感。

"每想你一分，雪就堆积一层/连绵的雪一天比一天白/我念也念过了，想也想过了/心就可以放空了"（《堆积的雪》），写出了思念之后的一种坦然。

"就让我借纷飞的雪/把定格下的一幅幅温馨的画面/把洁净的思绪传给你/别让它落地，别让它融化"（《比雪更洁净的思绪》），将"洁净的思绪"具象化，写出了一种真挚的情感和最浪漫地表白。

诗歌《半亩花田》写的是前半生的回顾，有播种、有埋葬，真正的指向是找回那个真正的自己。实际上写出了诗人心中的理想生活，相对于人间的纷扰，诗人将一隅安暖作为一个小目标，有思古之幽，也有拨冗之盼。寄托了心灵和梦想，可以看作是"精神家园"。本诗集以"半亩花田"为主打，也十分恰切。

诗集的最后一首是《与一首诗天荒地老》：

小鸟把清亮的歌声
献给每一个清晨和黄昏
在它的世界里
守着明艳后的孤独

一只蝼蚁
爬行在低微的生活里
大象昂首阔步走过
无视它咀嚼细碎食物的声音

我在喧嚣的人世
享受阳光，也享受夜色
更多时候，沉浸于清欢与幽静
与一首诗天荒地老

这首诗写出了诗人对诗歌的热爱和依恋，对生活的思考和赤诚，是一首生命之诗，可为诗集压轴。

由以上分析，我们可以得出结论，诗人马翎无疑已经具备了优秀诗人的潜质，需要得是大胆地萌发和艺术实践。她所涉猎的题材和所牵涉的情感难题都在她的笔下流淌。用"白纸上流浪，心田里种花"来概括她的这本诗集不算太牵强。她在空闲里抽出更多性灵的时间完善自我，诗歌不是占用而是拓展了她的生活世界和心灵世界。诗写的方式可以不断精进，对世界的感知力也可以不断提升，马翎在诗歌创作的道路上可以前行的路程还很长，她的丰富性和饱满性都将在其求索中获得。回到开头探讨的问题——"何为现代诗"？我想马翎的诗歌创作实践正在回答这个问题。现代化问题尤其是人的现代化，会直逼个人诗学构建和实践成果。她活在当下，处在春夏繁茂的状态，真正收获的季节正在路上。马翎的诗歌正在现代和诗歌的两个维度上稳步行进。秉持"与一首诗天荒地老"，可以肯定的是，马翎的诗歌未来可期。半亩花田，正含苞待放，这是诗人马翎的伊甸园。著名的荷花定律正悄悄地发生着。

2024 年 5 月 8 日

黄土层　本名赵爱龙，陕西清涧人。在诗歌、诗歌评论、社会综评等领域均有涉猎。作品刊于《诗选刊》《星星》《诗林》《延河》等多种刊物。获首届长安杜牧诗歌评论奖，著有诗集《床前明月光》。

序二 🌸 🌸 🌸 🌸 🌸

半亩花田种寸心

鲁　翰

马翎的诗歌风貌愈来愈好了。

这是一个迟到的感受。认识马翎这个小老乡有几个年头了，她曾几番说到早在米脂老二中时做过我的学生，那会儿应该十四五岁，却总又回想不起来。原先并不晓得她也写诗，只知道她在科研院校工作，留给人乐观、周到和干练的印象。塞上某次偶然的茶话，有朋友郑重提念其敏秀多才，自此开始留意和关注马翎发表在各种报刊及公众平台上的诗歌作品。

前不久，收到马翎的《半亩花田》诗集校订本，有幸阅览到她诗歌写作的整体成果，颇感欣喜。我看得慢且仔细，重点章什尚需反复揣摩，自然也通过微信与她交流过个中存留的一些瑕疵和修改意见。缘此，马翎几次流露过想请托我写写序类的东西，令我诚然惶恐。我自素无诗名，说短论长，显然无力且无益于就她的诗歌艺术给予精微地道的批评、确认以及助兴。但谈谈个人的阅读感受，无妨敲敲边鼓，捧个人场，倒是乐意为之的。

徜徉在马翎悉心经营的《半亩花田》里，满见花色斑斓，聆听百鸟欢唱，抬头看见好看的云，有风筝飘荡……春有桃之夭夭，冬有"落在我心上的雪"，昼闻画眉和风铃鸣唱，夜有"眨着眼睛的月光"。花溪潺潺，近丘小风车在转动，远旷一只为爱守望的小鹿在稻穗旁等候。陌上斜晖，旖旎从风。正所谓"常觅春归不知处，花田此地得逢君"。

诗集《半亩花田》浑然散发着和暖、灵泛、自洽而又梦幻的气息和光芒，语盈如流，感情丽富，那些关于时光、故乡、亲情、春天、悲欢、月亮、雪花、爱情以及直觉的梦呓，以水到渠成般的从容，自然而舒展地将女性的感性、思致、婉约一起大大方方地播种在纸上。这无疑是她环顾内心世界，在灵魂的田园里耕耘的诗意收成。

在《后记》中马翎写道："我知道自己捕捉不了闪电，那就捕捉生活的小浪花、小确幸、小阳光，把内心固有的纯真善良，淬炼成幸福的容器。"

在这本诗集里，写春天当然是重头戏。哪怕涉写其他主题，照例离不开春风、春水、春花、春声、春愁、春日融融、春歌缠绵……

"万物都有一份/不请自来的馈赠/生命再次鲜活"（《三月的风》）。

"那些伸在半空的寂寞/被春风叫醒"（《春在枝头》）。

"穿过走廊/每次都能在摇曳的风铃上/找到春风"（《风铃》）。

"春风酝酿着情绪/藏不住的心事/绯红在枝头"（《撞怀春天》）。

"从胭脂万点的花苞里/走出一个个白雪公主/蜜蜂在你米黄色的心头打坐"（《海红花开》）。

马翎的笔下无不渗透和洋溢着对春的冀盼和流连，以及春的亲情、春的希望，更有春的爱情。春天无疑成为《半亩花田》中马翎尤为痴迷和耽情的一个丰富意象。单从审美的角度讲，春天万物生发，熏风轻拂，悦色可人，风姿绰约，极具女性的阴柔曼妙之美，令人感受到细碎春光里温柔的、充满情趣的、蓬勃的生命活力。每一诗句都蕴含着自然而亲切、脱颖而出的美感和意味，也突显着人性的激情、畅想和大爱的主题。

"飘过来的雨，全是你的语言/那走近的心跳/淋湿了期待，淋湿了甜蜜"（《站在有雨的巷口》）。

"让所有热爱变成一粒种子/种在大地上，种在自己的心田里/种在人生的四季里/在耕耘浇灌中芬芳岁月　收获喜悦"（《在明媚的春天与你相遇》）。

"我常常仰望星空/看着月亮弯了又圆，圆了又弯//我羡慕它的恬淡　优雅/羡慕到产生奇想/想攀上天梯，爬上去咬上一口"（《我爱着的月亮》）。

马翎以其敏感与偏爱，以其蝶沾花粉式细腻的感知力、精巧的构思力、富有律动的音乐感和灵活多变的表现手法，一面继承托物寄情的传统，一面似于陕北民歌的比兴中汲取养分，总先言他物，以引发所咏之辞。但又不囿固于其中，每每"窥意象而运斤"，物象与意象幽然神合，浪漫的自然世界和诗人内心互为观照，呈现出一派明亮纯粹的生命气象。

在《穿过长长的隧道》这首诗里如是写道："点滴飘落的/也不只是春雨//就让那绵长的幽思/只活在我清瘦的诗里"。

"仰望你时/天空一片湛蓝/追逐你时，白云朵朵虚幻/说到爱情/忽然吹来一阵风"（《一串比喻》）。

"我需要的词很少/在另一个人的发根上/就能找到/那里的雪下得最认真"（《关于雪花》）。

每一个诗人的眼里，都葆有一个与他人不尽一样的世界，而要想把自我认知的视野形象化、意象化地用以构建诗歌，从而达到有别于他人的、陌生化表达的目的，不但需要诗人具有独特新颖的思维模式、叙述模式、语言运用和情感表抒，更需要诗人秉有诚挚、睿智、从容、创新的心裁和笔法，以及那种摄人心魄的情怀。

"曾以为天很蓝/长着翅膀的云彩就是幸福的//曾以为开满栀子花的山坡上/一定会有赏花人的笑声……如今，被生活的雨淋湿几次/已分辨不出虚幻与真实//真诚的人，总是被自己弄疼/含着笑，噙着两滴水/似上帝用下雨抒情"（《曾以为》）。

诗集《半亩花田》中不少诗作以形写神，笼虚嵌实，倚情入心，沉浸着浓烈率直的感情色彩，语言运用上因清丽而别有意趣，情调因浪漫而令人神往，既丰富了诗的纹理与层次，又不仅仅止步在一些一折一扣、隐喻映射的结构中。

在《半亩花田》这首诗里，诗人蒙情至意地揭秘了自己的花田情愫："整理半亩花田/在心灵的一角播下花香与欢喜/埋葬经年的隐忍与伤痛//古琴里有《兰香涧》的悠然/指引我枕一朵白云/邂逅隐藏在世俗里的灵魂/一枚绿叶上写诗/安稳于日子里的小欢喜/诗意就在月光下氤氲开来"。

其实，更为确切地说，马翎是一位寸心悠悠、充满理想、具有几分古典情怀的诗人，她特别专注于将生活细节诗意化，始终坚守诗人的初心，用纯净和善的笔触书写诗歌。她的田园梦想既不同于陶渊明"乐日安命"的消极隐逸，又不同于范成大"忽见小桃红似锦，却疑侬是武陵人"的风俗写意，更有别于罗伯特·弗罗斯特口语写实、一味乐观的诙谐和幽默感。

诗人大解曾言："女性诗歌，大多数是个人的心灵史。"

诚然，《半亩花田》最显著的特点就是作者所抒写的更接近属于她自己的一般生活、心灵发现、情感眷怀和生命觉悟，因之《半亩花田》的题材涉猎和风格朝向，完全有悖于某种技术性、使命化的写作。"半亩花田"一面或许是抽象意义上的说法，而另一面更有可能的是关联到具体的、作为"地主"的马翎，她的语言和心灵凝结的果实抵达应心的归宿。

马翎在为自己的现实与心灵栖居找到妥帖的融合点之余，走进诗歌现场，遵信诗歌秩序，放飞自己的心灵与渴求，力图打通物象与心灵的界限，让那些缱绻的花草在理想的田园里长出各自的瑰丽和眺望的姿势。很大程度上马翎依赖于自己的感官和直觉所引介的词语想象，这种通过指解词语的镜像，对世间物象的着意塑造、编织和描述提供了或许最为关键的叙事动力。如是，自然朴质、敏感幽微、简约唯美，构成了马翎诗歌基本的语言面貌和美学脾性。

毕竟诗歌天然就是不同经验、不同物象、不同感受、不同语言的碰撞和融合。无论迷糊或清醒，无论深重或轻浅，无论含蓄或洋溢，诗歌所立所现均为习焉不察、熟视无睹的对岸。作为老乡和同道，借此我还是遵循如上诗学本质，愿与马翎同省共勉。

诗歌写作最后的旨归，终究是捍卫生活。我们依旧相信，诗歌之光、诗歌长吟将一直指引我们的心灵徜徉在伊甸园里，伫立在生命的垴畔上，放飞无限的爱意和梦想。

祝贺马翎！祝贺《半亩花田》问世！

是为记。

2024年9月20日于一鹤居

鲁翰　长居陕北米脂，九三学社社员，中学高级语文教师。中国作家协会会员、中国民间文艺家协会会员。多写散文诗歌，出版有诗文集《静谧燃烧》《湛蓝之蓝》《信天问谣》等。

目　录
Contents

辑一
镌刻生活

辑二
撞怀春天

辑三
点燃星星

辑四
爱上月亮

辑五
绽放雪花

辑六
半亩花田

辑一

镌刻生活

母亲是一盏灯

想起您，就想起小时候

炕头那盏高台柱的油灯

微光下，剪窗花纳鞋底的背影

那是我童年最踏实的梦

想起您，就想起门口那块整齐的菜园子

夏天的热闹，辣椒　茄子　黄瓜　西红柿　豆条

似您的孩子一样铆足劲生长

每次收到您捎来的各种色彩

嘴里就嚼出一缕幸福

年迈的母亲呀

您矫健的步伐　山风轻拂的白发

是我心里永远的阳光

母亲，我也为晚归的儿子

留了一盏灯

打酸枣的母亲

饭菜上桌
七十八岁的寿星
打酸枣未归

从远方赶回来的儿女
心里酸了又甜
甜了又酸

不识字的母亲
像做错事的孩子
说着再也不去了的话语

生日烛光
照在双手合十的母亲身上
仿佛，照见一尊佛

神一样的称呼

母亲的名字
是幼年脱口而出的安全感
是踏实　是春风

是指引飞翔的翅膀
留恋不舍的背影
遇到难题的辅导老师

是暗夜里的灯塔
疗伤止痛的港湾
想起来就有人应答的温暖

后来成为母亲的我
才知道那朵不败的莲
是儿女心中永远的佛

停摆的闹钟

半亩花田

窑掌里的自鸣钟，停摆了
每次让母亲换只新的
她总说不打紧

母亲说，别看有时候不动了
平时走得挺准的
换个电池就行了

多年后，我才发现
那只闹钟一直停滞在五点八分
陪伴着不善表达的母亲

当我决定换只新的
动手摘下那只
一尘不染的闹钟时

母亲缓慢地说，其实这只闹钟
已经停了十九年零七个月二十三天
我心头一热，想起离世的父亲

父亲节思父亲

想起父亲
无定河的水就不平静
那汤汤的流水里
有小时候坐船的兴奋

如今河流消瘦
挽起裤管就能过河
架起的桥梁
也唤不醒沉睡的父亲

石窑山上的打碗碗花
雾霭了父亲的坟头
那里有我永远的阳光
指引我求索若水的自己

致襁褓中的儿子

孩子，爱情是妈妈青春里
最神圣的部分
而你，是那个乐章中
踏着美丽音符降临的男神

我爱你肉嘟嘟的小脸
爱你满身的乳香
感受新生命带来的喜悦
和抱着你换尿布时笨拙的自己

因为有了你，妈妈更像一个大人
曾为黑暗哭喊的我，如今却像一只狼
守护着你　守护着夜

你是妈妈笔尖最流畅的语言
不善表达的妈妈，提起你洋洋洒洒

你是妈妈永不熄灭的希望
俯视着你，犹如背靠着一座山
梦里都有和你一起长大的笑容

放风筝

牵着孩子的手
走向蔚蓝的天空
飞翔的羽翼
寄托着深邃的目光

越是欢快地畅游
越能牵出更悠长的思念

放飞的翅膀，在云海中翻腾
总会想起长长尾巴后面
有一种爱叫放手的牵挂

曾以为

曾以为天很蓝
长着翅膀的云彩就是幸福的

曾以为开满栀子花的山坡上
一定会有赏花人的笑声

曾以为跟你说话的人一定是真人
关心你的人一定是真心待你的人
……

如今，被生活的雨淋湿几次
已分辨不出虚幻与真实

真诚的人，总是被自己弄疼
含着笑，噙着两滴水
似上帝用下雨抒情

致自己

把隐藏在我们后面的我
拉出来
对自己说：亲爱的

积攒了多年的雨
忽然倾盆而下
坚硬的心突然间被激活

摘下那张爱逞强的面具
倚着那个可以靠的肩膀
把自己还原成
那个会撒娇会卖萌的小女子

信念之光

阴云压低了天空
旷野的向日葵穿着破败的衣裳
也没有让整齐的队伍走样

为了同一个愿景
它们，迎着萧瑟的秋风
把头转向有光的方向

卑微如葵，亦如我
发不出耀眼的光芒
就终其一生
长成太阳的模样

半亩花田

翻阅生活

翻阅生活
就会翻阅到，你的身影

你未转身
夏天的失望，长了一寸

秋风乘虚
冲上了城墙，占领高地

花已凋谢
青色的苹果，脸色微红

深情守候
举起目光，投向金秋方向

树与天空

没有风的时候，树是安静的
把根深深埋进泥土
努力距天空更近一点

风走过的时候
斑驳的叶片簌簌吟唱
传递着夏天火红的热烈

树梢上的天空
织女织出轻盈自在
饱含着我的信仰

仰望星空，吮吸阳光
永远保持着向上的姿势
一棵树的风景，重叠了我的时光

两只鸽子

没有驻足的飞翔，只为身后的牵绊
一只鸽子把觅到的食物
送到另一半嘴里

相吻的红唇　亲切的耳语
抚平内心的苍茫
融化了日子里的艰辛

没人知道相惜的两只鸽子
经过多少磨难
才换来一隅的安然和温暖

儿时的年

穿上新衣裳，别上花发卡

呼喊着小伙伴一起

把自家和邻居家的火塔塔 ① 转晕

挨着门看花炮阵阵

笑声里都是噼啪的回音

那时，乡村的风是舒展的

无定河的水是欢畅的，人声是鼎沸的

二婶呼叫大福吃饭的声音是响亮的

河对岸小桑坪也是能听见的

枕头底的两毛钱是珍贵的

初一要向爷爷婶婶问康健的

口袋里会装满糖　瓜子　花生的

去外婆家一定要磕头的

半亩花田

---

① 陕北传统的民俗活动。大年夜，家家户户用煤块搭建起塔状物，引火燃烧后，火焰升腾，人们围着火塔转，俗称"火塔塔"。"火塔塔"有祈福驱疫、纳瑞迎祥之意，也是米脂县非遗项目之一。

做了一腊月的好吃的
就是等亲戚上门分享的
扭秧歌的队伍是挨门过的
过年的心情是热烈奔放的

辑一　镌刻生活

回家过年

掸掉身上的灰尘
再远的路程也要赶着回家
张贴起红红的祝愿，挂起吉庆的灯笼
鞭炮声里有团圆的热闹

和父母说笑当年，寻找
曾经踢沙包　跳皮筋　捉迷藏的记忆
感受乡情亲情的珍贵
糕泡泡里嚼出童年趣事

送一份祝福，接受一份问候
金灿灿的乡音
就是一杯香茗，是冬夜的一盆炉火
徜徉着祥和　欢乐

捡拾几片爆竹的碎片
夹在书页里，把年的记忆留存

过年随感

小年的夜晚，雪悄悄地
给窗外的榆溪楼披上了一件白大衣
分明是立春后的第二天了
冬的信使原来被拥堵耽搁得迟到了

我喜欢这样的场景
就像我单纯地喜欢你的样子
不分季节
不管你来得早晚

城里的过年
少了点烟花鞭炮的热闹
只有路边中国结和景观林的缤纷
绽放着节日气息

坚守在没有假期的假日里
责任成为新年的一份礼物
虽不唯美，却在爱与温暖的关怀里
春风拂面，孕育着生机与希冀

惯　性

娘把炕烧得滚烫
每次回老家
也一定要睡在炕头

只有这样，我才觉得自己还没长大
还是娘手心里的那块宝

春　联

一对孪生姐妹
穿着绣满祈愿的红长裙
守在门的两侧

燃爆亲情
迎接漂泊的心
回家过年

偕同祝福，与除夕的灯笼
在来年蹿红

清　明

大雾笼罩晨曦
高速路口堵的
不是蜗牛
是回老家上坟的心情

山峁沟道桃树杏树
花团攒动
墓碑前一缕香烟缭绕
燃烧着邮寄的哀思

泥土散发出潮湿的清香
庄稼人侍弄着期许
坟头的野草着手返青
生命在轮回中新生

大地奋力举起新绿
未涉世的孩子们笑谈校园趣事
我向人间之外的亲人
叩首　问安　祈愿

清明雨

落在一个时节的上头
湿漉漉的
似有倾诉不尽的思念

停歇在枝头的雨
和杏花一起泛出洁白的哀伤
随风滴落在心上

心绪里多了一些
对过往的回忆
夹杂着生活中积聚的酸楚

忍不住把各种情绪
点燃在叫不醒亲人的坟头
雨，成为最深刻的背景

致远方

晨曦中的雾霭遮挡了视线
看不清远方的山
和故乡的水

一朵梦绕魂萦的太阳花
开始在我眸底模糊
风筝线拉得更长

佝偻了腰身的老槐树，倚在路口
我不想，借助虚无的风
和缥缈的云捎去我的问候

朦胧的暮色中，我只想
吹出一颗小星星，送给
日夜守望的您

半亩花田

黄土地

1

放逐生命

追寻那份亘古不变的情愫

再远的路程

也走不出母亲牵挂的眼眸

绿的誓言到处留有标记

耕耘的脚步印满山川

渴望收获的梦想

交付给蓝天　白云

2

养育一方生命的土地

温暖一粒粒种子

发芽　抽穗　开花　结果

滋补饥饿，营养苦痛

以最古老的方式

呈现出起伏的延绵，沟岔梁峁

以最能忍耐的性格

播下汗水　挥洒憧憬

3

开放的花束映照着

黑桃般的脸颜

期盼富裕　期盼舒心的愿望始终环绕着

和黄土地一样命运的人们

南来的风吹动着

低矮的屋檐

改变着简陋的陈设

不甘示弱的山里人

正摇动着坚毅的臂膀

以勇于开拓者的身姿

破译黄土地的贫瘠

一束光

那些点滴的感动
就是生命长河里朵朵浪花
漫过心的河堤
带来温暖　信心和勇气

满眼疯长的翠绿
抵挡住大地上的一些苍凉
盛开的马兰花
飘过一缕蓝幽幽的清香

落在我生命里的那一束光
就是我想要的晴空和方向

一场雨水

小时候，看父辈们去龙王庙祈雨
看锣鼓狂舞　　跪拜里的虔诚
雨水就是庄稼人供奉的神

杀猪打平伙　　人头攒动的烟火气
是童年做梦都想解馋的乐事
托举起父辈们金灿灿的遐想

珍贵的雨抚慰着童年的记忆
如今，雨不再是大山人
唯一的寄托与依恋

此时，滴答滴答的雨
敲打着我的心窗
洗去浮尘的禾苗，清新着欢喜

陕北的山

这是我小时候熟悉的山
雄浑粗犷延绵
曾是我心灵相依的地方

站在山顶
看初阳从那座山顶升起
站在那座山顶
骄阳又从另一座山顶升起
追赶太阳的脚下
坡坡洼洼的故事扑面而来

那亲切的语言
笑成一朵花的容颜
让我顿觉什么是老家

告别故乡

月亮把所有的眷恋
涂上了一层银辉
悄悄地在窗外
为我讲缪斯的故事
我悠悠的心飘向远方

站在硷畔的枣树红着眼
留不住一颗
十六岁少女想走出大山的心
抛下那甜甜的记忆
背起早已备好的行李

弯曲的无定河奏响
潺潺的嘱语
缠绵的情歌
把我刚理好的思绪
重新打乱

告别母亲眼角的牵挂
让企盼撕破温暖的被窝

为不再拾起那个古老话题
为采撷季节的芬芳
拥有季节的流韵

走出大山与保守
走出鹅黄的绿色
去奏一曲青春圆舞曲

盛夏来临

我想为一树蝉鸣储备绿意
为十里的蛙声浸润小河
为起舞的蜻蜓轻抚荷尖

燕子在窑洞的屋檐下筑巢
小河欢快地在门前流淌
菜园子蝴蝶飞来飞去

夏天的风带着炎热清新的味道
吹乱了发丝　吹动了长裙
温柔地诉说属于这个季节的心情

不经意的遇见，湿润了双眸
我原想感受一缕温暖
你却为我准备了整个夏天

平凡的日子

在问候声中起床
迎着阳光出发

把金灿灿的日子
交给一把椅子
交给一间房子

在文字里翻阅
在思绪里描摹
把八小时浸泡打磨

也把开会当作吃饭
也把坐车当作家常
也把时光晾晒在山山峁峁

看田地里的希望
看耕者黝黑的脸庞
听信天游把新生活歌唱

也将肉肉花当作调味品

也将诗情寄蓝天

也将家人围坐当春天

在黑夜里盘点细碎

重复的日子里

烹煮生活　咀嚼人生

半亩花田

幸福的一天

晨起，阳光洒在窗前的摇椅上
看渡渡美术馆灰顶红梁的宁静
脚下榆溪湖通透的蓝
任何时候都能激起我内心的微笑

给母亲打个问安电话
准备一份带心形的早餐
让班得瑞《雪之梦》在耳畔萦绕
瑜伽体式悄然在客厅舒展

写一张曹景完的隶书
把肉肉花亲吻一遍
给开得正艳的长寿花换个方向
看着阳光把尘埃吸走

三五闺蜜，一壶白牡丹陈皮
说炒土豆丝，谈《额尔古纳河右岸》
在吉他　非洲鼓的伴奏下
红唇唱得婉转悠扬

静夜重温一遍白天的闲适

幸福的周日，就让无声的忧伤

从门缝溜走，不惊扰细碎时光里的恬美

半亩花田

花树下的女子

把思乡的梦
穿成华丽的衣裳

精致的妆容
藏不住一颗忧伤的心

苍凉的大地
老树孤独出一树红花

在空旷的山野里
醒目　刺眼

树下的秋千
荡不出儿时的欢笑

走不出的思念

暮色渐沉
洗过澡的月光从山的背后爬起
温柔地洒在我的心上
照亮我归家的方向

惦记化为醒目的
"欢迎女儿回家"六个大字
镶嵌在老少女儿一齐回娘家的心上
也深深地印在故乡盼归的脸上

时光风霜了多少人的容颜
改变了多少人的命运
改变不了的是强烈的乡情
隔不断的思念

踢毛毽 扔沙包 跳皮筋的场景
简陋教室里琅琅书声与打闹声
率队偷摘自己家红枣的惊险
成为此时最有味道的饭菜

一场又一场秧歌，舞出全村人的大合唱

锣鼓震出石窑山无定河水的回响

盛大的仪式　飘动的彩旗

感动着多少相见不相识面容下的激动

故乡是生命的根

是一生足印里饱含的热泪

是内心最光亮的色彩

是想起来就觉得美好的地方

把根留住，把满腔的爱意说给故乡

故乡，永远走不出的思念

我所中意的生活

阳光洒进来，铺在还有睡意的床上
天猫小精灵不再叫：主人，起床了
厨房传来隐约的锅盆声

赤足　散发　棉麻衣衫宽松
窗台上，有紫色蝴蝶兰的清香
一只蝴蝶翩翩从心上飞过
停在打开的书页上

我还有很多事要做
唱歌　写字　瑜伽
弹古筝　敲手鼓　给文竹晒一会儿小太阳
闺蜜相约　一次远足……

还要写一首情诗
两个人，白头相守
看山河锦绣，皆是曾经过往

火车从心头掠过

一列绿皮火车，从大山的深处走出
披着苍翠和霞光
沿着两行不相交的热泪奔走

多少颗星星爬进车厢
把自己的梦想装在行囊
走在有你出发的路上

坐看故乡　山川　河流节节后退
有人上车，有人下车
一颗澎湃的心闯荡世界

有节奏的哐当哐当声
穿过心底的森林与荒野
带着向往，被城市的繁华淹没

多年后，沧桑了的你我
回眸间拾起故乡
一列火车从心头掠过

最爱我的人走了

1

四十七个春秋
也就一刹那
走在开满苦菜花的山坡上
我又想起了您，爸爸

一身干净的中山服
那灰白色是永恒的
永恒的慈祥和庄严
那笃定的脚步声，踩响乡间小道

2

您带走了滔滔苦水
留下笑容，像人间的浪花
一直在儿女的心里
泛起涟漪。不知道那些苦水是否
已经凝结成岩石，形成煤

爸爸，病魔平息了您四十七年的风雨
让我们的孝心无处交付

二十多年突突的拖拉机声
一直还在我们的耳边回响

我们，对着流淌的无定河
对着沉默的泥土
对着上苍，一直能听到
您的拖拉机突突声

3

那个晴朗的午后
坚毅刚强的您，突然变软了
对亲人满满的眷恋
就因为一闭眼，彻底放手了

爸爸，跪守您的灵堂
我们怎能忘记
您摸黑赶路的身影
许多人围坐炕头等待吃杀猪菜的场景
院子里石桌上您谈笑风生的模样

如今，随着四十七个春秋的终止
人间的遗憾绵绵如烟尘
一直呛着我们

你不快乐的每一天都不是你的

再温暖的微笑
也焐不热石头的冰冷
改变不了风吹草木的摇摆

因此，我愿心的雷达
在丛林里捕捉蚂蚁的欣喜
阳光的斑驳　叶片的清香

就让那些无力改变的，随风
学着在一首歌　一朵花　一场电影
一次时光的驻足里欢颜……

扮演一只蜜蜂，采酿甜蜜
在快乐与不快乐间，迎接阳光
还好，你不快乐的每一天都不是你的

辑二

撞怀春天

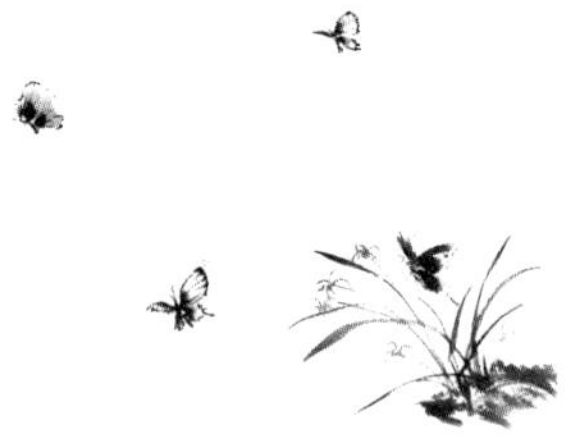

春在枝头

那些伸在半空的寂寞
被春风叫醒

透过阳光的五彩斑斓
看见春潮涌动

河水独自欢唱
满目都是春耕的气息

掬一捧月光的温柔
照见你在我心里芳菲倾城

撞怀春天

一声惊雷，炸醒了
地下越冬的蛰虫
一只蚂蚁驮着半粒米前行

打哈欠的泥土松软中有了绿意
河水爬上了冰床
一切冷漠与冰封正在消融

春风酝酿着情绪
藏不住的心事
绯红在枝头

铁犁翻开泥土的芳香
一粒粒种子扎下头
酝酿着茁壮的梦想

经年的我们，用三月的心情
撞怀春天
写成一首诗，描摹一幅画

三月的风

三月的风带着春的气息
带着融雪的涟漪，新草的清香
吹散二月残留的冷

惊醒做梦的蛰虫
母性的土地，张开
惺忪的眼睛托举新生

和煦的阳光，和着风
带着春天的眼睛
到山川旷野里奔跑

万物都有一份
不请自来的馈赠
生命再次鲜活

南归的燕子剪碎一地晨曦
游走半空的寂寞
正散发出花的暗香

三月的风，吹皱一池湖水
藏在心底的温暖
又一次被早春叫醒

半亩花田

小院梨花

一树梨花玉蝶漫舞
抢占了农家满院春色

站在树下，聆听梨花绽放的声音
有四月飘落的思念
混杂着新翻过菜园子泥土的清香

两位耄耋老人从窑洞的门帘后
探出头，葵花纹相迎

乐开花的心，得意着墙外的风景
一手拄着拐杖
一手抚摸着满头的风华

一朵洁白的梨花，柔若无骨
散发着纯朴的沉静与从容

一方小院　一树梨花
装着心系乡愁的挂念
盛满留守老人的人间清欢

海红花开

从胭脂万点的花苞里
走出一个个白雪公主
蜜蜂在你米黄色的心头打坐

溢出缕缕清香
淡淡炊烟
浸润着我的心田

我是你的偶然遇见
你不必在枝头挥手
招呼我

我怕听见你飘落的声音
守候的一方故土
请给它一个个海红的结果

半亩花田

空谷幽兰

吮吸着清新的风
散发着自己独有的幽香
绽放，不为目光
只为心中的春天

如那走出大山的女子
在喧嚣追逐的城市里
守着心底那份自然淡雅
流淌成山涧的一条小溪

在争艳的人群里
静守方寸天地
不急不缓　唯美生活

品味春天

南方的玉兰花已清香扑鼻
北方之春还裹着薄棉袄
如我鱼尾纹里的愁绪
尚未全部化开

扑面的风，有了丝丝暖意
榆溪河畔南归的白鸥，为春天点睛
柳枝吐出舌尖，鹅黄一片
桃花酝酿着自己的花事

蜜蜂眼里的泪花，泛着甜味
绿皮火车，有人上车
有人下车，看沿途风景
与白首的人一起品味春天

写一朵桃花

想你的时候，就写一朵桃花

写它粉色的小花苞

再也摁不住一腔嫣红的醉意

终于层层爆裂

为你，开出了一朵重瓣的桃花

写你是一只蝴蝶

一瓣一瓣，亲吻着春天

而我，一瓣一瓣飘落，把春天

搅成粉色的旋涡

春天的翅膀

桃花是惊蛰的翅膀
丁香是谷雨的翅膀
玫瑰是小满的翅膀

白云悠悠，蓝天在飞
阳光暖暖，绿叶在飞
雨水绵绵，大地在飞

探索是青春的翅膀
梦想是孩子的翅膀
你是我任性的翅膀

心为诗的翅膀
爱在心中飞

半亩花田

风　筝

可以拥有整个天空
也可以
只攥在你的手心

风　铃

穿过走廊

每次都能在摇曳的风铃上

找到春风

悠扬的声响浅唱　延绵

穿透疲惫

给空旷的厅堂五彩遐想

就像心中的一条小溪

叮咚不停

无风它也响

一把锁

我把玫瑰色的问候
涂抹在冰凉的黄铜上

邀约春风
邀约满城的桃李丁香
邀约一叶风帆驶入星辰大海

用深情　爱恋，熔铸
打磨出一把开启铜锁的钥匙

在诗与画的起承转合间
一个美妙的音符
在我的明眸里旋转

雨　水

伴着沙尘，天空就要压下来了
似乎用了极大的克制
二十四节气里的雨水
才没有落下一滴

天气预报说天将有雪
伴随大幅度的降温
冬天的衣服还未装箱
我已学会适应这种无常

雪中的雨，雨中的雪
缠绵在一起的春梦
在这乍暖还寒的人间
一会儿是圆的，一会儿是扁的

交织的冷暖是一世的宿命
春天毕竟已经启程
天空依旧压得很低，那饱满的雨水
迟早是我们的

谷 雨

一个生命诞生的清晨
一个心花怒放的清晨

一个年轻的母亲
在经历过裂帛的阵痛后
打开一朵含苞的花蕾
散发出生命的精彩

鹅黄的柳丝不染风尘
紫丁香含着一滴泪
挡不住四溢的心情
芳香周身的一切

勤劳播下希望的种子
万物肆意生长
目光所及
皆是生命的热烈

春天里放飞心情

冬的愁眉

生命的收敛

狂躁的内心

在春姑娘舞动的长袖里舒展

一场绽放的烟花

一场锣鼓阵阵的大秧歌

一场绚丽夺目的灯光秀

抚平冬的郁闷和无奈

有人趴在大地上吮吸着泥土的芳香

有人轻轻拨开被风吹乱的天空

有人按捺不住内心的喜悦

想要大声呐喊

流水漫过四季

涤荡心灵

牵引着万物

走向更斑斓的世界

走在春天的路上

2月14日我看见炽热的玫瑰奔走在路上
挑选礼物的男男女女各式各样的表情

满大街都是拆卸多余装扮的人们
我像通透的风，没有欣喜也没有悲伤

我信手捧着彩带　麦穗
在新明楼前留了个影

一代人记忆里的塞上饭庄原址
已经被隔板统一的标识弄得面目全非

想记住些什么或是想忘掉些什么
我自己也说不清楚

南门口凌霄公园节日的灯火依然美丽
凌霄塔自顾自地守护着古城
大地在雪的掩映下开始松软
闹过春的树枝开始吐蕊

榆溪河的水有了萌动的声响
信心满满的人们正在撒播爱和希望

大自然的调色板已经准备就绪
春天阳光走在充满期待的路上

半亩花田

春天，探出头张望

晨曦跃过玻璃窗，开在
诗意正浓的长寿花上，宁静而安详

移动的秒针分针时针，等来的
是没有内容的风

种子在叹息声中
打了个哈欠，伸了个懒腰

破土而出的春天
探出头张望

春深处，共看辽阔

城市的深处

一些寒意正悄悄隐退

退去的还有握不住的风

说不出的孤寂苍凉和无奈

榆溪公园的桃花独自粉红

自由的蜜蜂偶尔起舞

柳枝探下头亲吻大地

榆溪楼庄严肃穆倒映在水中

窗外的白云在蓝天下悠然

真想安上一双翅膀

与你在春深处

共看辽阔，奔向远方

春天来了

还想装睡一会儿
就一会儿，像冬天的雪
在半醒的大地上撒一回娇

阳光织着金线
从玻璃窗迈进来
把偷懒的思绪从被窝里拉起

榆溪河汤汤的流水声
柳梢上眨着眼睛的嫩黄芽
都是春天的消息

三月三的小手牵着飞鱼
在蓝天遨游，我也想
在春天里，放飞梦想

在心田播一粒种子

桃花绽放

用一冬的情绪

把你熬成期盼

想着春天的时候

你就在我的心里

带着忐忑不安

阅读纸鸢的故事

向左还是向右

或冷或热的天没告诉我

二月用冷漠的表情

掩盖内心的狂热

我怀抱一片赤诚

回应现实的苍凉

阳光透过分行的长短句

照出人间的斑斓

不经意间，一朵桃花

晕染了我的笔尖

与四月书

有无数的绽放
红的粉的黄的白的
起伏　连绵

如琐事琴音书墨
充斥的忙碌
绽放着不同的颜色

总有一种柔软
似丁香高贵的紫
萦绕在心的上空

一场又一场喜雨
鲜活了低垂的柳丝
丰盈着蕴藏的生机

清明前的雨

带着一份祈愿
清明前的雨，洒落在
波浪起伏的山头

刚化好妆的桃树
浸湿了容颜
挂着晶莹的泪珠

枯草里探出头的青色
努力地张望天空
吮吸着上天的恩赐

踏着四月的落红
父亲，墓碑一样站着
枯枝上又长出新芽

清明的长空

耳畔，传来
重耳对介子推的呼唤
寒食节的雨
沿着唐风宋雨的纷飞而来

一年一追思
清明注定是个多愁善感的日子
沿着滴水的花瓣
我看见思乡情愁，追忆的身影

湿漉漉的墓碑
在缅怀亲人的纸灰里有了温度
烟尘，化成彩蝶
鲜活了音容和一些往事

祭祀先祖，把根留住
雨水浸出血泪的春天
弹奏新生的旋律
清明上空，布谷鸟在鸣笛

少华山的雾

少华山的雾
笼罩了现龙亭
也笼罩了我追寻的阳光

身边的绿灼热着眼眸
陡峭的山，连绵的雾紧锁
锁不住的，是一睹风采的执着

潜龙寺的钟声厚重而悠长
曼妙的轻纱前后相拥
如走不出的思念在脑海萦绕

行走在一场迷蒙烟雨中
静待一束阳光，穿过云雾
见漫山青翠　丁香花开

半亩花田

我是早起的桃花

我是一朵早起的桃花
在你踏春的枝头，开放

你看得见也好
看不见也罢

无意争春
只想，以一朵花的光彩
点缀一树繁华

染红春天的嘴唇
与君，树下
共饮一坛桃花酿

走向更深的春天

春天的雪是带着泪的
精心的妆容
被或冷或暖的空气揉得细碎

我不再渴望下雪
我希望草木发芽　枯枝吐蕊
我希望溪水欢唱　大地披绿

我希望冬眠的心舒展一点
农民把希望的种子播下
大自然把五彩的画卷展开

接二连三的雪呀
又将我的视野拉回
患得患失的心

还是期盼和你
和更多的人，一起走进
更深的春天

半亩花田

穿过长长的隧道

穿过长长的隧道
我把揉皱的心熨烫

四月的风
注定是清醒的

从南到北的艳丽芬芳
温柔岁月　晴朗心空

驻足古城，多想拥抱一下
明媚的阳光

阴冷的风不谙世事的模样
吹落的不只是片片花瓣

点滴飘落的
也不只是春雨

就让那绵长的幽思
只活在我清瘦的诗里

一起迎接新的春天

站在立春的枝头

听冰封的河水哗啦的声响

大地慵懒地睁开眼睛

小草偷偷地伸出小脚丫

刹那间，有一种说不出来的喜悦

将疲倦和无奈一扫而光

希望铆足劲在心头荡漾

一切美好正沿着柳枝抽丝发芽

抖擞抖擞身上的羽毛

看着漫天飞舞的阳光

就让我们拥抱新的梦想

一起迎接新的春天

花开的时候去看你

去有你的地方
看青山看绿水
看袅袅炊烟
看夕阳西下

走曾经匆匆走过的路
赏曾经想看未看的风景
见错过的未错过的相遇
细数匆匆那年

如果时间可以等待
如果轮回的岁月愿意
如果有清风白云相伴
花开的时候去看你

不关乎暗生情愫
不关乎喧闹嬉戏
不关乎月光下河边的放声歌唱
就想看看匆匆而过的那段时光

说一些温暖的话

爱一路山花烂漫

就这样静默成一座山

看你品茶的动作　我脸上的笑容

半亩花田

和你坐在春的枝丫上

暮起时
和你坐在春的枝丫上
看夕阳染红天际

粗壮的树干
举起内心的起伏
静听周边的花香和温暖

风很轻柔
鸟乖巧地让出绿荫
听叶片私语

让一棵树做个见证
记住我微小的祈愿
不想把心上的蔷薇弄丢

辑二 撞怀春天

在明媚的春天与你相遇

就让我带着憧憬和向往

在明媚的春天与你相遇

让天空载着我的欢喜

让云之南沿途的花海迎接我的到来

请允许我记住抚仙湖美丽的容颜

和那深不可测的清澈眼眸

也允许我记住弥勒金灿灿的笑容

把内心的愿望举过头顶，照见佛光

在风景如画的抚仙湖畔

让我们忘掉现实中的不快和烦恼

感受拂面的春风　沁人的花香

说一些与诗有关的人　有关的话

让所有热爱变成一粒种子

种在大地上，种在自己的心田里

种在人生的四季里

在耕耘浇灌中芬芳岁月　收获喜悦

辑 三

点燃星星

拥有一颗童心

我们追赶着黎明，去近百里外的河口
看日出，看迁徙的天鹅起舞
在阳光的影子里蹦跳
把空旷定格成快乐

我们嬉闹在草坪的凉席上
和孩子们一起踢几脚大气球
向天空吹着七彩的梦幻
追逐中露出会心的微笑

我们敲着非洲鼓
看流水跟着二胡的节奏流淌
躺在院子里的长椅上
说着星星，看月亮缓缓升起

跟一只蝴蝶捉迷藏
和一朵花说悄悄话
学小鸟鸣叫，学狗汪汪吓人
和风一起在两棵树之间荡秋千

辑三 点燃星星

站在山顶上大喊：我爱你

听对面山的回音

半亩花田

点燃一颗星星

夏夜，草坪上奔跑的小姑娘
吹出七彩泡泡
吹出满天星星

陪爷爷奶奶在乡下生活的二丫
常常望着天空
盼望城里打工的爸妈
在星星升起的时候来接她

三年后，二丫如愿回到父母身边
一个人待在家的时候
她把愿望折叠成一只只小纸鹤

九十九只小纸鹤燃烧成一颗小星星
二丫看见爷爷和奶奶拉着自己的手
在草坪上奔跑　吹泡泡　欢笑

吹出七彩泡泡

水晶般美好
带上一颗童心

阳光下绚丽
眨眼间没有了踪影

常在脑海里萦绕

半亩花田

赶鸭的小女孩

洒在石阶上的阳光
有你跳动的音符

两根俏皮的小辫子
藏不住可爱活泼

葱郁的山林是天然氧吧
一条熟悉的路，带着小鸭回家

学着爷爷的样子
挥动长长的鞭子赶鸭下水

我就是那只快乐的小鸭
在小河里游来游去
用水花勾勒乡村图画

辑三　点燃星星

转动的小风车

故乡，在小风车
奔跑的时光里飞翔

我举起转动的年轮
举起云朵里的乡音

记忆，在稻浪里翻滚
狗尾巴草　芦苇荒芜了田野
每回想一次麦田
记忆的镰刀，就划破食指

有些终生不会痊愈的疤痕
是故乡留下的疼痛
旷野清冷的风，抚摸头发
抚摸难以言说的忧伤

迎着光的方向
无数只转动的小风车

把思绪，从破败的土窑洞里拉出

一只为爱守望的小鹿

披着霞光
用打着手势的犄角
机警的耳朵
新奇的眼神
打量着陌生的世界

似一个迷路的孩子
站在十字路口
面对全新的视野
不敢贸然前行
在金黄的稻穗旁，等候

不知，危险藏在时光的暗处
一只为爱守望的小鹿
乞求，上苍赐予仁慈
扯下天空中的一片祥云
罩住两片树叶筑梦的脚印

天使，对着世界微笑

一张稚嫩的脸
在微笑，那是大自然的颜色

紧握手中的画笔
在追逐那只奔跑的小白兔

阳光映在画布上
与满园的花草一起清新可爱

一朵小花　一片红叶　一只飞鸟
在纯真的眼神里张开了翅膀

手中的笔，与童心一起跳动
灵魂，蘸满七彩的颜色

把爱洒在画布上，童心
随天性在笔下飞舞

天使，对着世界微笑
微笑的还有周身的世界

静坐在时光之外

静坐在时光之外
等待一首诗
等待入心的一朵桃花

似多情的风，翻阅一本书
从清晨，到日落黄昏
眨着星星的眼睛

有，些许采蜜的甜
些许叶落的惆怅
在月光爬上柳梢头的
刹那，望穿了等待……

鸟儿的欢喜

我不能确定，鸟儿的欢喜
正如我不能确定
从《雨巷》里走出的丁香般的姑娘
是欢喜的，还是幽怨的

燕子在屋前练习飞翔
大雁排成人字，从南方归来
迁徙是旅途，是宿命
是为生存而奔波

沿着长长的轨道
乘行在一列绿皮火车里
我不会飞翔
只有一双隐形的翅膀

半亩花田

怒放的花朵

满城都是怒放的花朵
红的潋滟　白的娇羞
总能激起内心莫名的欢喜

沙尘暴是四月的幽灵
不打招呼
喜欢戏弄这个季节

天空下着一场花瓣雨
似乎在注视着谁的眼睛
摇曳中，更多的花苞绽放
迎接更加火红的五月

辑三　点燃星星

夏日凉风夜

草坪上的风是舒展的
做着把夏日的闷热
挤到马路边的梦

孩子不甘示弱
滚动着球，吹出七彩泡泡
掀开了月光下的雀跃

凉席微温
静静地躺在绿茵的怀抱
听二胡悠扬　渭水秋歌

树下编织梦想的姑娘
沉浸在自己的世界
守望着夜幕下的灯火

星星注视着
摆小摊的　乘凉的人
快十二点了，也不肯回家

半亩花田

在一首歌里

踩着旋律，可以随心所欲
可以恍若梦中
可以佯装快乐
像一只飞翔的鸽子
夜莺般沉醉

星 空

深蓝色的夜幕
无数双眼睛在闪亮

静谧的村庄
远处传来若隐的歌声
有自然的宁静与馈赠
闪着万物的灵光

卷曲的柏树告诉我
世界在安宁中蕴含着汹涌
凡·高的《星空》
是自由的歌，生命的舞

立 夏

夏天的小手

接过春花传递的火炬

蓄势蓬勃

藏在枝叶间的青涩

散发青春气息

田野到处是铁犁与泥土的耳语

总有些不知名的小花

不分季节尽情绽放

柔弱中蕴含着坚强

屋檐偶尔织出锦缎

紧绷的琴弦，弹奏出

雪松的舒展　秧歌的高昂

喧闹中静修，引渡一颗菩提心

不辜负墙头绿蔓攀爬

喇叭花吹奏的葳蕤夏日

粽　子

一粒一粒浸泡过的糯米
与几颗红枣深情相拥
穿着时尚的绿衣

裹紧了岁月里的一些伤痕
裹紧了一些孤独
包裹出棱角分明的风骨

五彩细绳扎出
一颗属于故乡的心
扎出一副可人的模样

放在尘世的锅里
和着星星的梦
慢慢煮熟

蘸点红糖
吃出小时候的味道
细品日子里的甜糯

一朵莲

一朵莲寂静地开在
夏日滴答的黄昏

荷叶舒坦在水面上
圆圆的祝福
仰望着那一朵引颈而出的荷
粉嫩　高洁　一尘不染

一朵莲的心事
随风起舞

不管你来还是不来
懂或不懂
为你盛开的心
从未改变

抚仙湖

云水氤氲，令人向往
为采撷扑面的灵气
一群爱诗的人奔赴仙居路上

无际的湖面轻摇着湖浪
蓝色神话环绕成一座孤岛
我们试图穿越亿年探寻

信步在红色的沙滩
感受碧湾清澈的静美
温润的性格
聆听湖水起舞的声音

青山叠翠是你坚实的臂弯
额头上的花海让人驻足流连
我在诗意飘扬的人群里
与四月的你同歌同吟

藏之南

带着神秘的色彩
高贵的宁金抗沙山顶的雪莲
圣洁的羊卓雍错湖的纯净蓝
都是我心向往

湛蓝的天空与广袤的大地
拉着手在湖边羊群里歌唱
纯粹的信仰滋养藏族人的心灵
五色经幡舞动出生命的轮回

我想把灵魂种在这片净土上
化作桑顶寺佛前的一朵莲
与尘世中未了的缘相见
与多情的活佛在诗里相遇

听风的絮语　花的呢喃
藏地山水之灵蕴
让我怀着一颗虔诚的心匍匐在路上

今晨有雨

雨轻悄悄地
在桥头，在田野
回望七月
蒙蒙的烟雨
婉约江南

温湿的空气
幽谷的梦
淋湿的湖水
思绪扯断雨帘
积雨踩着脚印
没有相约的守望

午后，我看见
一道浪漫的彩虹

半亩花田

相约黄昏

黄昏把最后一抹晚霞
藏在了山后
峰峦叠成你身后的阴影

水天共一色的平静
一棵树的茂密与
另一棵树的孤独
以倒影的形式，收纳眼底

旧长椅落满了枯叶，你没来
一池蓝屏，等待一粒石子
沉入湖底的心事，等待一个
摇动帆船的人，泛起朵朵涟漪

细雨黄昏

雨，敲打黄昏的翅膀
檐下，燕子在呢喃轻语
织成珠帘，眺望远山

银珠，挂满树梢和草尖
滋润龟裂的田地
榆溪河跳动着朵朵涟漪
像无数颗星星在水中眨巴的眼睛

你，未如约而来
雨水清洗着叶片上的灰尘
浇灭了我对爱情的幻想
我把一滴水，洒进一朵荷蕊里
细雨黄昏，轻松　释怀

半亩花田

云上小镇

今夜，我把云彩撕下一块
遮住我的尴尬
趁月色朦胧
抚慰心灵的创伤

伸手可摘的星空小镇
拉长了我的身高
一路山花烂漫
惊艳了时光隧道里的眼眸

天南地北的诗意
在南腔北调的酒杯里欢歌诵读
我在一杯桂花米酒里
欣赏别人，倾听自己

爱诗的人都有一颗童心
写满了对世界阳光般的爱恋
我一个随性之人
惶恐中，追随着诗与远方

绽放的花朵

岁月静默成一道风景

小草从大地母亲的怀抱里探出头

吮吸着阳光雨露的抚爱

享受着上天给予的馈赠

感受山村微风捎来的消息

在片片绿叶的簇拥下

我把春天长成夏天

以树的姿势

把最美的笑容绽放在枝头

期待在最美的季节与你不期而遇

雨中的怀念

我喜欢在雨中漫步
听雨打在蘑菇伞上滴答的声音
看田野幼苗可爱欲滴的模样

披着雨衣的庄稼人把洁白的思绪
洒在泥泞的脚印前面
湿漉漉的心情泛着幸福的光芒

那个约好一起看雨的人
此时，是否也撑着同样的伞
站在曾亲手栽下的玫瑰花前
把思绪飘向远方

心上的麦田

午后的阳光
在田野上跃动
绿油油的麦田上空
回旋着布谷鸟的鸣唱

想起我的家乡
那些贫瘠的田地
这时的麦子，应该已经灌浆
祈求上苍，风调雨顺
赐给土地一个好收成

麦田边，一些影子是树木的
另一些，是看不到的
游子走得再远
影子都拴在故乡的麦田

种一片庄稼

我喜欢成片的谷子
在骄阳不加掩饰的目光里
悄悄长高，慢慢成熟

我痛惜撂荒的耕地
本可以把真实写在脸上
却让野草荒芜了青春

我想邀约一场夏雨
浸润村头的那块稻田
用青翠身姿吸引更多的蝴蝶

我想唤出一头长着翅膀的铁牛
播下一粒粒希望的种子
唤醒更多的人对耕地的热爱

牵手蓝天白云
想着清除杂草最好的方式
我在心田种了一片庄稼

读你的眼神

五月的花悄然怒放
粉得让人怦然心动
黄得让人温暖惬意
随风起舞的身姿
让人心湖荡漾

轻轻地靠近你
感受你跳动的音符
渴望你的温情
吻绿冬的残痕
吹散心中的阴霾
摇出五月的灿烂

半亩花田

灯火阑珊处

登上国庆的城墙

清冷月光洒在身上

氤氲着淡淡欢喜与忧伤

远山的呼唤，近处的灯火

阻挡不了一个身影的浮现

思绪，牵动无助的彷徨和眷恋

天空揽星辰入怀

带着征服世界的梦想

我一清浅女子

只愿阑珊处

有一盏灯，为我亮着

辑三　点燃星星

五月的心情

剪一段时光
把它交给自己
晕染五月的心情

红河水乡　壹居湖畔
一个诗意飘飘的女子
将一群同好相迎

看弥勒的佛光环绕
看遍野的点绛流丹
看三角梅的红火热烈

空气里都是缱绻的温柔
驻足停留，我
看见了一场盛大的遇见

半亩花田

会唱歌的小鸟

一只鸟把我从睡梦中唤醒
那清亮美妙的歌声
常让我有蝴蝶的遐想

我想它是从遥远的天边而来
吸收了天地雨露之精华
不然如此平常的声音
怎会让人期盼　沉迷

我听过山谷里百鸟大合唱
也见过水面上遗鸥的飞翔
惊奇这风铃总能叩响晨的门扉

有几次歌声跌落
呛得湖面泪眼婆娑
在模糊的眼眸里

看见一朵缓缓盛开的夏荷
迎着晨光，又在我的心湖上
高傲地起舞　歌唱

给你的星辰大海

事实上我给不了你星辰大海
只能给你清晨第一声鸟鸣
清亮亮，脆生生

在文字里表达的欢喜
也将它隐藏在一朵云彩的后面
静悄悄的，热烈而矜持

孤傲的你不一定知道
那星辰是我想送你的枕头
那大海是我想送你的胸怀

黑色的帷幕遮住白天的嘈杂
夏夜的蛙声，就是我
对你的私语

站在有雨的巷口

站在有雨的巷口
风，斜织着眺望
那如花的心事，在雨中清新

微闭双眼，嘴角上扬
享受着雨点打在脸上的惬意
像花盆里的花，享受一次天然的沐浴

一场相约，如雨点迎面而来
拉近了天地之间的距离
也拉近了彼此的思念

飘过来的雨，全是你的语言
那走近的心跳
淋湿了期待，淋湿了甜蜜

那一抹蓝

我看见纳木错湖的蓝
在蓝天下闪着光

那清澈　宁静　忧郁的蓝
牵动我的心绪
成为我心上的蓝色妖姬

我徜徉在这蓝色的天地间
渴望一场淋漓的雨
将我的迷恋和沉醉浇透

那无际的　深浅交错的蓝
仿佛读懂我的心思
涤荡着内心的虚华和浮躁

走进生命的那一抹蓝
带着梦幻般的色彩
轻轻拨动我的心弦

翻阅你的诗行

翻阅你的诗行

就是翻阅一种唯美的忧伤

那流淌的音符

让我想起故乡的小河

一首首新奇的构思

扣动柔软的心弦

有意无意的矫情

带来许多梦幻般的遐想

走进你的花园

仿佛进入了一个蓝色的海洋

满园鸢尾花的清香

让我陶醉在一场梦里，不想醒来

我贪婪地吮吸着带着海水的风

把你春夏秋冬的浪漫

揉碎在暗夜的灯火里

鲜活心灵深处最后一抹纯真

心中的那片大草原

半亩花田

负面的消息
令热切的期盼碎落一地
无奈和焦虑探出窗外
今夜我一定要回到
回到心中的那片大草原

有白云蓝天绿茵的大草原
在那里，我用最舒坦的姿势
闭上眼睛仰望天空
听近处的微风细语
听远处的马鸣萧萧

在月光和星星的见证下
躺在绿油油的碧波里
柔声细语地
和你诉说当年
诉说远去的岁月和我们的爱

一座叫作远方的城

一座蜃楼在我心空升起
云雾缭绕，仙气浩荡
诸神逍遥
成为我心的神往

不管它是光的折射
还是时空的倒影
都是我梦中的花园，五彩的遐想
或是影子的一场游戏

我常常仰望星空，把他捧为神灵
一路追寻，却始终无法企及
他所散发的迷人光芒

那一座叫作远方的城
在诗的天堂里缥缈幻化
在我的心里放纵　任性
成为我的惦念，心灵栖息的圣所

给如诗如梦的女孩

你的梦里
有一个小小的伊甸园
那里有你的憧憬
我曾痴痴地翻阅过
你的笑脸你的哀伤
你的风采你的失落
使我苦涩的胸膛飘起芬芳

为了读你飘动的思绪
浏览风景一样的情怀
我苦苦地守在你必经的路口
盼望你温柔地注目一次
然你冷漠　凄清的神情
刺痛我狂热的眼眸

我倒在一杯酒中
醉成一座大山
在依稀的梦境里自问
明天将怎样与你相逢
如诗如梦的女孩

辑四　爱上月亮

月亮情思

小时候把月亮盛在桶里
月亮就在扁担两头晃悠

长大后把月亮装在兜里
怀里揣着与家乡团聚的梦想

后来把月亮捂在心里
挽起一分浪漫，一分皎洁

有了孩子后，把月亮做成圆圆的月饼
甜甜的味道浸染孩子无忧的童年

此时对着中秋的月光
就想品尝家人围坐　团圆的味道

奔波的日子，平常的心愿
沉甸甸地挂在天上，映在水里

都市的月光

都市的月光
笼罩着一层薄薄的迷雾
需要灯火来补光

卸去白日的伪装和疲惫
闲坐长廊看夜生活喧闹
想着故事里的点点滴滴

忧伤就像夜空中的星星
闪烁在微凉的夏夜
陪着月亮圆了又缺，缺了又圆

多想把童年那颗无忧的月亮摘下
挂在凌霄塔的上空
让月光下的心情清澈　透亮

一束光

转身的刹那，我看见你的脸
就在我的眼前
真实得像幻觉一样

那耀眼的光亮
火焰般
加速了我的心跳

但你的光，没有投向我
你正聚焦一个抽屉
好像聚焦一个宝藏

在纷乱的视线里
迟疑的我，把欣赏丢下
丢下的还有内心的波澜和惆怅

行走在灯火阑珊的暮色里
那束光，也许根本不知道
我曾在它的面前驻足过

弯弯的月亮

我们的爱是一个弯弯的月亮
梦是深蓝的天穹
方块字是一颗颗星星

一头系着故乡
一头系着渴望知识的眼睛
系着秋天的梦想

春风奏响叶片的眷恋
暗黄的沙滩奏起甜蜜的心酸
我们只在这儿短暂地停留

我们的爱永远是向前的
弯弯的，没有彼岸
通向故乡

半亩花田

钓一弯月光

寂静的夏夜

星星在说悄悄话

端坐河堤褪色的鱼竿

任凭鱼儿晃来晃去

只钓心上那一弯月光

辑四 爱上月亮

我爱着的月亮

我常常仰望星空

看着月亮弯了又圆，圆了又弯

我羡慕它的恬淡　优雅

羡慕到产生奇想

想攀上天梯，爬上去咬上一口

月光下的倩影

阑珊的夜色
宁静成一汪湖水

柔软的夏风，将
一颗浪漫的心吹醒

浸在水中的倩影
像一片羽毛，浮动

指尖上流动的涟漪
映照出内心的祥和

在月光下，开成一朵莲
采撷一段如水的时光

回眸间，你的微笑就是
一道亮丽的风景

走在你的城市

走在你的城市
风传来你的名字
夹菜的筷子微微一颤

你的身影就在红酒杯里打转
打转的还有一丝不易察觉的微笑
轻轻捧起高脚杯与唇相吻

两朵红云悄悄地从脸颊升起
趴在桌上，笑嘻嘻地
挤出两滴热泪

半亩花田

眨着眼睛的月光

眨着眼睛的月光
就是我心中的那一汪泉水
闪烁的泪花
皆是苍翠白杨的身影

那一抹生动　鲜亮的嫩黄
是生命执着的韵律
是枯萎的时光
蕴藏沧桑的浪漫

我从月光的眼眸里
读出一树的孤独与柔情
心尖一月圆一次的月光
不经意间把我的心事照亮

我多想成为那轮圆月
挂在你的星空，与你温润相守

海边提着风灯的姑娘

守夜的灯塔，在远处
发出微光，平静的海面
等待远归的航船

半
亩
花
田

提着风灯的姑娘
海边独步，寻找记忆中
那两行长长的脚印

诺言被海浪一次又一次稀释
风的手拉着笑声
还在耳边回响

举起温暖的光，抚摸着
当年背靠背望星空的礁石
远行的人，是否还是当初的模样

咸凉的海水，亲吻着脚踝
朦胧的月光，照见一朵浪花
湿润了提风灯姑娘的眼眶

月光是一面粗心的镜子

朦胧的夜色，给人无数想象
包括你舞动的神韵
天空长了很多双眼睛
洞察人间万象

影子，模仿
你的每一个动作
飘逸的裙裾
演绎灵动天鹅舞

光与影，虚幻与真实
在柴可夫斯基的琴声中
掀起天鹅湖的浪花

月光是一面粗心的镜子
照见了你成长的轮廓
照见了你的轻盈娴熟
却没照出你　对白天鹅的
一往情深

有一种遇见

有一种遇见
叫中秋节遇见教师节
就像你遇见我

有你的陪伴
日子就是美的
月亮也是圆的

一起看过的书　写过的字
敲过的鼓　弹过的琴　唱过的歌
都是涓流不息的小河

成为岁月里翻卷的浪花
温暖着日子里的风雨
丰富着苍凉的内心

腹有诗书的梦
聚在一起的日子
就是人生最美的遇见

十五的月亮

十五的月亮
悬挂在漆黑的天幕上
纯粹　纯净　纯洁
一声不吭

我在疾驰的车里
听见几声犬吠
突然发现
高空那一轮圆圆的心事

透着凉意的夏风
青草的气息
登高的清爽
多了点浪漫的色彩

镜头里的月光，或远或近
抑制不住的
是思念的蝴蝶翻飞

七　夕

今夜，一弦金色的月牙
在楼顶上眨着眼睛

在深邃的夜空，寻觅
牛郎织女相会的鹊桥

《良宵》带着一分醉意
在独奏的二胡里欢快流淌

闪烁的霓虹灯
用三分暧昧吸引人的眼球

一朵含笑的玫瑰
在我心里轻巧热烈

初 秋

接过盛夏的接力棒
初秋，仍开启烤箱模式

庄稼扛不住这持续的热浪
蔫着身体，独自哀伤

风保持中立，一动不动
阳光直射田间地头
让人呼吸急促，汗湿衣裳

需一场滂沱的雨
把大地淋湿，闷热蒸腾
拭去心灵上的灰尘

让果实微笑　成熟
雏鹰，展翅翱翔

初秋，大地一片祥和
一半是更替成长
一半是丰收在望

重 阳

挽一缕清风
于高处，看红叶漫山

这一天，适合怀旧
拾起风抛下的一片叶子
让它在指尖滑动
承接萎谢的疼痛和隐忍

这一天，适合想念亲人
给妈妈打个电话
给风霜中奔走的自己一个灿烂的微笑
让风雨，化成一束光

于这一天，把四野的缤纷与萧瑟
涂抹成秋的高潮

那一日

那一日，我沿着你的脚印
千里追寻，看一处风景
寻觅开在心上的一朵花

古城和煦的风
吹出四溢的芳香
迎接我的驻足

拘谨的茶杯
洒了一地的月光
饮着你明艳的岁月

站在风中的我
捡起地上一片一片花瓣
多情的雨给我披了一件衣裳

一幅画

秋后的旷野寂静苍凉
只有成群的麻雀
在落光树叶的枝头飞落
舞动一棵树的孤独

不远处，穿着洁白裙裾的女子
在昏暗的暮色里
闪动着翅膀
飞向有光亮的地方

半亩花田

桂花情缘

因一首歌，结识了你
八月的风
吹熟心田的稻浪

用一次远行，一睹你的容颜
藏在绿丛中的簇簇小花
幽香扑鼻

从此，脱俗清雅的气息
金黄的繁星点点
时常出现在梦里，萦绕心魂

多想，坐在你的树下
仰起脸，半闭着眼睛
迎接你米粒纷飞的体香

邀约嫦娥吴刚
喝一杯你酿的米酒
在有你的世界里一醉方休

秋的心情

一隅清幽征服了叶子和我
征服了一树舞动的心情
和想慢下来的灵魂

在水边
把自己坐成一棵桂树
坐回那个随性的自己

翻阅一本小小的诗集
内心升起丝丝禅意
散发着袅袅茶香

风送来秋天的信笺
我亲吻这些秋的记忆
然后小心夹在书里

半亩花田

秋的浅吟

刚打起骨朵的月季花没来得及嫣红
想和你一起兜风的愿望还未实现

秋风已将片片树叶吹起
一片　两片　三片……
如斑斓的蝴蝶结对飞舞
回归大地的怀抱

秋姑娘织起一张灰蒙蒙的幔帐
淋湿满地落叶　淋湿我的心情
风带着一丝凉意疾驰而过
诉说着尘世的浮躁和寡淡

好在还有一盏灯亮着
稻穗低垂，飘着成熟的清香
渭水秋歌，余音绕梁
菊花淡放，如我清秋浅吟

凝望秋天

独坐在山的高处
听落叶窸窸窣窣的声音
仿佛听见谁的叹息

小鸟在枝头单薄地浅唱
似乎闻到了冬的味道
加紧搭建着温暖的小窝

远处高粱地人头攒动
越野车在高速路上疾驰
都是烟火中的风景

漫山的红叶，尊重着自然
飞向大地母亲的怀抱
归仓的喜悦，生命的秋天

穿过榆溪河
把你眺望，把又一个春天眺望

和声之美

音乐的和声

就是你在饱满的抒情中

寻找我的声音

我在你的旋律里

给你婉转隐现的陪伴

有度张弛，童话般美好

生活的和声

就是我能读懂你的偏爱

你能感受到我的心跳

隔着一层纱

寻找和而不同的绕梁

感受着心合　意合　情合的旋律

在蓝色的梦幻里

守着一份走不散的情缘

余音袅袅，不绝如缕

调和着日子

一串比喻

仰望你时

天空一片湛蓝

追逐你时，白云朵朵虚幻

说到爱情

忽然吹来一阵风

半亩花田

爱在深秋

拈一页秋的信笺
踩着满地散落的阳光
想着你踏风而来的模样

天空蔚蓝，有白鸽飞过
小金橘挂在枝头
有春的期许，秋的行吟

芦花舞动的羽毛
散发着独有的浪漫
深情地向我招手

就让我挽着风的臂膀
走进这入眼入心的秋天
把最绚丽的色彩描摹

敞亮的世界

截一段时光
把悬在心中的半块石头
贴在墙上

一边破碎，一边愈合的路上
让善良带点锋芒

不再为谁与谁的闲事惆怅
不再为无言的感伤垂泪思量

在每个秋风扬絮的日子
追随芦花，轻舞霓裳

爱一朵花，赏一路风景
金黄稻田正散发着迷人的光芒

采一束穿过黑云的阳光
温暖　抚慰彼此的心房

飞鸟与天空

天空是飞鸟的翅膀

飞鸟是蓝天的祥云

蓝天是天空的衣裳

不善言语的天空用敞开的怀抱

把最火热的爱，最湛蓝的梦

最洁白的思绪，写意给小鸟

小鸟把最简单的爱，最纯真的心

飞翔成一种姿势

时而化云为雨，时而欢快歌唱

在小鸟与天空相视的眼眸里

泰戈尔说，我的心是旷野的鸟

在你的眼睛里找到了天空

秋天的童话

暮秋，雨后的落叶
划过时间的苍穹

挽最后一抹红
温柔地　蝴蝶般地空中飞舞

飞舞的还有孩子羡慕的眼神
和散落一地的梦幻

踮起脚尖的孩子，也想变成
一只蝴蝶，飞向妈妈的怀抱

秋天美在心里

阳光倾泻着黄色的瀑布

满地铺着橘黄色的地毯

空气里到处弥漫着收获的气息

一只孔雀抖落着光的羽翎

吮吸着桂花的清香

在一棵树下，翘首等待着什么

雾岚在远山五彩的树林

飘荡着思念

寂静的湖水，把缤纷倒映

田地里忙着秋收的农人

沉浸在自己的喜悦当中

我在秋的画卷里，描摹秋的轮廓

秋天的美，美在心里

美在春种夏耕秋收

美在与你同行的路上

把爱写在眉梢

把爱写在眉梢
写在菊花斑驳的脸上

儿孙满堂的两位耄耋老人
回到六十年前相约的地方

忆麦田里两只蝴蝶的嬉戏
一朵红云飞上脸颊

当年田野上奔跑的少年
背上咯咯笑的姑娘
还在麦浪里翻滚

如今，不听使唤的耳朵
凑近长长的白胡
斗笠帽是否还有当年风采

满眼笑意的目光
写满了岁月里的温柔
你还是我初见的模样

没有忧伤的秋天

喜欢秋天

喜欢天高云淡有飞雁的蔚蓝

喜欢山野到处弥漫的成熟气息

也喜欢那些带着智慧和成熟韵味的人们

他们身上散出的光

像满树的苹果　红彤彤的

像成熟的谷穗　沉甸甸的

用身心写满丰盈的喜悦

洋溢在风霜的脸上

深藏在岁月沉淀的心里

在秋叶飘落的过程中

没有忧伤　没有哀怨

义无反顾潇洒地亲吻着大地

诉说着对这片土地深深的眷恋

掬一捧秋的诗行

半亩花田

掬一捧秋的灿烂
犹如捧起一张熟悉的脸庞
吮吸着字里行间沁人的芬芳

晨雾给城市披上了一件厚重的
白纱，曼妙中带着几分神秘
似朦胧的诗意
亲吻着谁的心房

太阳躲在被窝里磨蹭，不肯起床
也想读一首感人的诗行
不觉中穿过雾的缝隙
散发浅浅光芒

高粱鼓起涨红的脸站得笔直
沉甸甸的谷穗弯着腰频频点头
棒槌似的玉米露出整齐的牙齿
他们笑我执着的痴狂

洋芋从泥土里探出头来

山药一样长的深情
深藏在地下静静地成长
清秋的田野到处有美丽张扬

掬一捧秋的灿烂
把满眼的爱意洒向天空
温润大地上行走的诗行

站成一棵树的模样

我把心交给你时
深秋的风正在旷野撒欢
把你的每一片叶子交还大地

你没有悲戚
伟岸　挺拔　向上的英姿
深深烙印在我的脑海

见证过你枝叶繁茂的葱茏
小鸟在你枝头稚气歌唱
路人在你树下乘凉歇脚

你长在我无法绕过的路旁
收藏了所有的秘密
成为我心灵的树洞

每次念你
就想与你站成并排的一棵白杨

辑五

绽放雪花

小 雪

没有雪的小雪
阳光抚摸着玻璃窗
微风吹动的是你的幻影

早已习惯冬天的冷
枝头的孤寂总在心头萦绕
无法打开的心结，蚕食着欣喜

远离纷扰的心一直在天空盘旋
天鹅落脚在河口只是短暂停留
和我逃避寒冷的心一起，起飞

盼望一场雪，轻柔地
将那些无奈和忧伤覆盖
让世界变得洁静　安然　美好

下雪了

心心念念的雪
终于下了
在没有料想到的午后

雪仿佛带着一种使命
在翘首间，从高空斜织而下
细碎的脚步，柔软如絮

将一片嘈杂声覆盖
道路上的雪像谁的眼泪
榆溪河一副没有感知的样子

屋顶　树枝　草地
保持了雪的尊严
穿上了一件洁白的纱裙

我在雪中，找寻醉了没回音的故人
踩着泥泞　忧虑
转角处，一缕梅香扑面

半亩花田

冰窗花

玻璃上无须笔墨的水晶画
是散发的枝芽，是绽放的花朵
是爱的幻想，洁白　轻盈　剔透
是心上舞动的蝴蝶

阳光洒过来，变换的身姿
眼泪汪汪，似抓不住的爱情

辑五　绽放雪花

一场春雪

把冬没发泄完的情绪
尽数倾泻，细碎　从容

春回的大地睁开惺忪的眼睛
先是热泪，之后凝结成冰

一场迟到的雪，趁没人在意
索性耍泼，任性蔓延

转眼间，大地盖上了一层白色棉被
到处是暗流，不小心就会跌个仰八叉
红火的闹春秧歌，按下暂停键
胆大的，像老牛拉犁在路上爬行

只有树木花草看不出表情
挥舞的铁锹　铲雪车成为沿途的风景

下过雪的天，好像痛快了许多
在一点一点放晴

树梢上，披着白上衣的红灯笼
在雪的世界里若有所思地微笑

我踩着白色的地毯
把冬天的秘密用心描摹

辑五　绽放雪花

关于雪花

我需要的词很少
在另一个人的发根上
就能找到
那里的雪下得最认真

半亩花田

一朵雪花

精灵般飞舞

如玉般温润

不忍看它在我睫毛上消失

背过脸

湿润了我的眼眶

辑五 绽放雪花

堆积的雪

每想你一分，雪就堆积一层
连绵的雪一天比一天白
我念也念过了，想也想过了
心就可以放空了

半亩花田

雪，你还来吗

天气预报就是飘忽的风
让人摸不清方向，说好的雪
等了好几天，在别处歇了脚

天阴沉沉的，辜负了我的期待
又好像在酝酿着情绪
我是分不清的

我做好了迎接的准备
正如我做好与你起舞的准备
树梢舞动着翅膀，穿上过年的新装

你的纠结压在心的上空
七步之外，就是年关
雪，想飘就飘吧
也许落地就是轻松

雪轻柔地飘着

把我的热爱，写成一首诗

有春天的桃花夭夭

有夏天的蝴蝶翩翩

有秋天的果实累累

有冬天的雪花飘飘

一首诗就覆盖了另一首诗

一朵雪花

就吻醒了另一朵雪花

回眸间，留下的深浅脚印已经

蔓延成一条温馨的小路

雪还在轻柔地飘着

半亩花田

雪是揉碎的云

雪是揉碎的云
细碎的脚步
仿佛带着使命
从天而降

大地变成了一张白纸
我不忍心踏过，只想
让东风裹挟蓬勃春意
去恣肆地涂抹

辑五　绽放雪花

雪花装饰的冬天

寒冷会崩裂

暖炉　防寒服会焐热身体

春风会扬蹄

我拾起一片阳光

雪地里的一团火

从远处飘来
在心的旷野里
逐渐清晰

越来越清醒的火焰
加速了心跳

落在我心上的雪

一朵雪花，落在了我的心上
当大片大片的雪花
在阳光下融化，只有他
还在我心上开着

让我奇怪的是
他怎么没有被火焰蒸腾

半
亩
花
田

就想这样走下去

雪是冬的精灵

是空气的湿润剂

有一场雪下在我的心上

撑着你送的红雨伞

合着你走路的节拍

不紧不慢

没有上前，没有言语

一任脚下响着咯吱咯吱的声音

就想这样走下去

辑五　绽放雪花

冬天如果没有雪花

冬天如果没有雪花曼妙的舞姿

天空是多么灰暗和寂寞

冬麦的温暖化为泡影

月亮和树梢消瘦得有时发抖

冬天就会枯燥无韵，缺了点浪漫气息

我在等一场雪

安静地从心里落下

伸出手能触摸到柔软与轻盈

半亩花田

比雪更洁净的思绪

一场大雪无声
在梦中落下，打开窗帘的刹那
满眼是纯白的童话
就像看见你走来的欢喜

楼顶　大地，每一根枝条都拥抱着雪
凛冽的冬，让美好整齐划一
天地万物仿佛没有了芥蒂

咯吱咯吱，每一步雪都有回应
随手拍下这热闹的人间
打雪仗的父子，堆雪人的母女
留影的情侣，嬉闹的闺蜜
榆溪楼的古雅，清洁工的朴实

就让我借纷飞的雪
把定格下的一幅幅温馨的画面
把洁净的思绪传给你
别让它落地，别让它融化

麻　雀

一群恋家的孩子

多冷都不离开故乡

雀跃在干枯的枝头　地上

多像守着土地的乡亲

半亩花田

冬　至

天很冷，夜最长
吃了羊肉萝卜饺子
我就没有什么可害怕的了

这一天，是冬疼痛的临界点
在它之后，阳光每天
都会多看我一分钟

数九的弟兄们看似冷酷
其实，他们心里都揣着春
雪花还是会飘的

想想，也没有什么可计较的
在这最冷的时节
着手孕育心灵深处的春天

烟　花

积蓄所有力量
只为夜空中绚烂一刻
就像美丽的爱情
只要热烈地绽放过
就是无憾的人生

半亩花田

腊八粥

用一只碗，把 2023 年的红枣　桂圆　花生
莲子　赤豆　核桃　薏仁　紫米清洗浸泡
放入砂锅，文火慢慢熬煮

让往事翻滚跳跃
直到他们相互包容，彼此融入
飘起五谷清香

放一撮冰糖
把日子里的酸楚
变甜

盛满吉祥印花的瓷碗
用小勺细品集聚到的阳光
发酵年味

乡村的冬天

山梁的背洼披着雪衣
柔软的心裹上了一层坚硬的外壳
隐藏了一些土地的秘密

阳光有气无力，照着
守着家园的老人
光秃秃的枝头，守着
春天到来前的寂寞
偶尔一群麻雀
装点成流动的叶片

北风肆意地刮，转动的车轮
载着梦想，通红的煤炉肚膛
燃烧着牵挂　担忧
冰冻的河流，融化成
窑洞里的温暖

农人家圈栏里的小羊羔可爱至极
把冬深藏的爱说给你听

枝头的红枣

冬日无叶的树枝头

坚守的几颗红枣

被西北风吹得瑟瑟发抖

爬满皱纹的脸，保持着红润

不停地向远方眺望

像坚守故乡的母亲

冬日的春光

冬日里也有春光
带着丝丝寒意
带着点儿温暖

在我心里盘旋
像一只黏人的小羊羔

我想我是真在乎你
不然在这寒冷的世界里
怎会感到心在抽丝发芽

半亩花田

流浪过的一个地方

没有华丽的辞藻

没有美丽的言语

只有初冬的阳光

只有繁杂的工作

穿梭在你我的唇齿间

穿梭在新兴的企业与苍凉的田野上

没有更多的陈设

没有更多的关切

只有午餐晚餐的真实

只有付出收获的分享

感受夕阳对大地的深情款款

感受华灯初上跳动的脉搏

你就是我流浪过的一个地方

今夜我只想读一首诗

今夜我只想读一首诗

一首涤荡我心灵

让我沐浴春风的诗

诗里流淌着深沉的爱

和无言的表白

今夜我只想读一首诗

一首让我沉醉

不能自拔的诗

诗里跳跃灵性的光

触碰我的心跳

今夜我只想读一首诗

一首你写的诗

感受你的欢喜　悲悯

和心中的执着

站在冬的路口

我不确定

哪个路口你会挥手

就像我不确定云彩

会飘向哪个方向

腿上的暗疾

总会在阴雨天隐隐作痛

文字里的柔情侠骨

总把我的心紧紧相牵

落叶，无奈地吟唱着

离别的歌谣

与那棵深爱的大树

盘旋悱恻

我站在立冬的路口

看蔬菜大棚棉被的温暖

任呼啸的风

忽东忽西地将心事吹乱

沿着光的方向

一路向北，去河口看迁徙的白天鹅
看阳光从山的背脊
一点一点地和盘托起
托起摸黑赶路的欢喜　雀跃
泛亮在天与山的交接处

河水披上一件橙黄的新衣
萧瑟的大地，也开始有了生机
狗尾巴花轻盈飘逸
舞出对阳光执着的爱恋
羞红东边的天地山川

白天鹅的呼唤声吸引
爱意洒在同行的路上
在这初冬寂寥微凉的晨曦
迎来新的希望
在我要带你一起去飞翔的歌声里
世界开始鲜活光亮

辑六　半亩花田

奔跑的人

踏着晨曦的霞光
海边，充满活力的身姿
迎风飞扬

柔软而坚毅的背影
在家庭　在职场
在生活的舞台上穿梭

没有金钥匙
停不下来的脚步，奔跑
在时间的赛道上

在每一个黎明到来之前
努力把自己活成一束光

辑六　半亩花田

半亩花田

整理半亩花田
在心灵一角播下花香与欢喜
埋葬经年的隐忍与伤痛

古筝里有《兰香涧》的悠然
指引我枕一朵白云
邂逅隐藏在世俗里的灵魂

一枚绿叶上写诗
安稳于日子里的小欢喜
诗意就在月光下氤氲开来

走在乡下

走在乡下，看见熟悉的窑洞

就感觉回到了老家

圈栏里吃草料的羊

满院子晾晒的玉米

总能激起内心柔软的记忆

犬吠惊扰静谧安详

金子般的乡音，门前的喜鹊

让人心里产生莫名的踏实

风清新爽朗，阳光带着

好闻的黄土气息，温暖心上的花枝

无定河的冰凌缓缓向前

把一块小石头投在河里

扑通的声音

让人忘掉一些无解的思绪

和无法说出的疼痛

山的背洼穿着一件厚厚的棉衣

雪花是白色的布施，度大地

也度自己，走在乡下
就是走进陶渊明的领地
迈出去，就是更广阔的田野

半
亩
花
田

好看的云

抬起头，看见白色的棉花糖

悠闲地在蓝色的帷幕下散步

心底就会泛起莫名喜悦的浪花

小的似仙女遗落的花瓣

更多的需要插上想象的翅膀

一簇簇一团团追逐撩拨着眼睛

真诚地向大地表达着

七月火热的爱恋

飘过来飘过去都是美妙的歌声

有时也阴沉忧伤　梨花带雨

有时也或冷或热　狂野任性

交织出现实与梦想的酸酸甜甜

有这宁静蓝的相伴相随

好看的云，正热烈地

投射出一地的欢喜，一地的浪漫

下乡的路上

滚动的车轮领着我

翻过一座又一座山

丈量着土地纷乱的思绪

整整齐齐的绿散发出青春的气息

星星点点似农人皱纹里的汗水

谈笑声里都是希冀和憧憬

野草侵占的农田

正一点一滴地被铁牛盘点

像亲人在寻找着走失的孩子

机械化经营者的出现

缓解无人种地的尴尬

改变传统种植的历史

母亲河露出的脊梁

让人心头掠过一丝忧虑

清澈的黄河水呀，漫过曾经的记忆

走在田间地头的我
没有魔法棒，只有一把桃花木梳子
梳理着散乱的乡愁

低头看着祖辈曾热爱的土地
走进了更多人的视野，感觉
一只信鸽从心头掠过

辑六　半亩花田

白纸上的流浪

静夜，我在一张白纸上流浪
那无穷的白
辽阔了我的天空

思绪像脱缰的野马
奔驰在无际的原野
夹杂着微风　细雨　酣畅……

我用一支沾满深情的笔
想把脑海中浮现出的画面
描摹成一幅水墨丹青

那些爱着的　感动的
忧伤的　疼痛的，甚至
那些细碎的温暖，都跳跃在纸上

白纸上的流浪
成为我　静夜里欢喜的执着

我用文字丈量

放眼神湖

我看见不可目测的辽阔

波光粼粼的水面

闪烁着彩色的光环

仰望星空

我看见无垠的苍茫

残月高悬，几点星星

发着微弱的光

神湖的鱼在波光里摆尾游荡

飞鸟在天空中鸣唱

我一只尘世间的蝼蚁

正读着飞鸟和鱼的故事感伤

站在山顶的人

没有鲜花和掌声
他的眼里，藏着一个君临天下
喧哗与热闹，转身即会消停
他的内心，装着一团燃烧的火

行走在云山雾海
凛冽的风吹瘦了山顶的莽莽森林
鸟鸣托起了他攀登的脚步

站在山顶上的他
深知，不胜寒的高处
与悬崖只有一步之遥

用清醒将意乱的心摁住
任孤独夜色涌动
就让月光为他披上一件衣裳

夹缝里的石头

紧闭的门扉

似两座不相连的峭壁

看起来很近，却难以跨越

沟通是一座桥梁

承载左边的希冀

右边的憧憬

贯通的便捷

雨后的彩虹

连接起现实和梦想

在夹缝里生存的人

只要站稳脚跟

眼里就有星辰　大海

诗和远方

辑六　半亩花田

悬崖上的西瓜

一根西瓜的藤蔓
轻悄悄地甩出辫子
顺着岩壁向上攀爬　开花　结果
顽强的生命力　活出阳光和惊叹

一个圆圆的收获
在蓝色的帷幕下，醒目
透出成长的艰辛与执着
肚子里装满的甜蜜
像极了普通人朴素的爱情

一颗长在悬崖上的西瓜
总让人担忧它会不会被强劲的风
卷起　洒出一地心碎的红

我多么希望它在合适的地方生存
红尘无忧，幸福无伤

悬崖上的树

一棵长在悬崖上的树
一心向往沃土

他没有选择命运的权利
他第一眼看见的，是
石头与石头夹缝里那点土星儿

没有抱怨
生根　发芽　成长
怀着一颗感恩的心
汲取可怜的养分

他知道，狂风会卷走他
酷暑和严寒随时考验他

一棵长在悬崖上的树
像是一名工地上
捆扎高楼的钢筋工

四只旧轮胎

四只旧轮胎，仰天
躺在秋日的草毯上。闭着眼睛
吮吸着旷野的清新和苍凉

它们是被替换了的一个群体
多年来，一圈又一圈地奔跑
现在连抱抱自己的气息都快没有了

卸下残败的身躯
享受风的亲吻　雨的滋润
回味着上坡的艰辛与沿途的风景

夕阳打在扑满风尘的脸上
写满了随遇而安的祥和
坚守着当初转动的模样

获得自由的画眉

飞回习惯了的笼子
飞回主人的思念和守候

世界上到处都是笼子
无非大一点
还是小一点

城市里奔跑的橘黄色

有一道橘黄色的风景

穿梭在城市的大街小巷

给赶时间的人　忙碌的人　懒惰的人

递上一份热气腾腾的关怀

外卖小哥，他们卑微在城市底层

辛苦的背后时有不和谐的声音

品味人生的酸酸甜甜

暗下决心一定要给孩子

创造最好的环境，让他接受最好的教育

时间都给了下一单

外卖小哥，开放在城市里的无名花

散发着迷人的芬芳

知足。是手机里孩子的一声：

爸爸我今天的作业写完了，你早点回来

夜路上，唱歌的陌生人

夜铺开了一张硕大的网
芬芳的花没有了颜色
轻柔的风掠过柳丝的脸颊
寂静的天空只有蝉鸣的声音

路边台阶上静坐的疲惫
数天上伤心的点点滴滴
没有了白天的伪装和坚强
只有眼里闪着的晶莹泪光

由远及近飘来稚嫩的歌声
打破夜色的凝重
大手拉着小手的身影
慢慢消失在苍茫的尽头
一丝柔软突然涌上我的心头

为什么那么多方程无解

为什么有些问候

很平常，却带来心的悸动

会莫名升起一缕乡愁

为什么有些心情

想忘记，却总在脑海里萦绕

让人欲罢不能　挥之不去

为什么有些梦想

消耗的总是意志和快乐

让人觉得高不可攀　总想放弃

为什么有些约定

在时光里近乡情怯

化作无尽的沧海桑田

为什么有那么多为什么

都像解不开的方程式

给人困惑　迷茫和向往

沙尘暴来袭的时候

沙尘暴来袭的时候

我正读着

春风如贵客

一到便繁华

正感受着

一抹春色撩人

一江春水荡漾

心里正燃着燎原之势

呼啸的风

夹杂着沙尘的味道

遮住了阳光，昏黄了城市

眯了看花人的眼

人与人只能近距离相望

桃花也灰头土脸

还有点僵硬的大地

是不是开始觉醒

突然间明白
春天其实就是一个季节
冬天给予了它过高的期望
它也会有惆怅和彷徨

多年来，春天里的植树造林
是我们不能落下的功课
汇集成山
连成一片

一个渺小的耕耘者
阻挡不了沙尘暴
阻挡不了春寒
也阻挡不了春芽萌动

一切都会过去
阳光还会明媚
我一个歌咏者
只有深深地叹息

胶州，我又来了

胶州，我只是你生命的过客
曾在你眼眸里短暂地停留
看你红瓦绿树碧海蓝天

一张报表，三尺讲台
飞扬着当年的狂妄与张扬
举起梦想　渴望和憧憬

云里雾里的故事
披上外来和尚好念经的外衣
就闪出一道亮光

黄昏，我在海边放逐自己
看海浪和沙滩的嬉戏喧闹
驱逐漂泊的孤独与苍凉

如今，我早已被雨雪风霜洗礼
翻过季节不同的侧脸
不动声色看着世间的悲欢离合

此刻，吮吸透着一丝凉意的海风
任浪花拍打在身上　溅在脸上
湿漉漉的心，好想再深情一次

半亩花田

而 已

一只吉祥鸟，每天清晨
在窗前，为我鸣唱
我打开心窗迎接的刹那
它飞向了不远处的树梢

原来，它只是歌唱自己的生活而已

印　章

把王维的相思
刻成边款

用一把小刀
把一块平整的心情
方正的玉石
勾勒出曲折柔肠

摁在红色的泥土里
印在一张白纸心上

此时，窗外阳光正好

竹 篮

我的竹篮不是用来打水的

它采集清晨第一缕阳光

把窗外早起的鸟鸣

送给枕边的你

白天装满清风

装满妈妈菜园子里的故事

装满蓝天白云

抚慰我漂泊孤寂的心

黄昏，我挽着夕阳

穿过暮雨，摘一束星光

带着露珠　花瓣　青草的气息

打捞平凡日子里的诗意

辑六　半亩花田

歌　唱

我面对脚下的大地歌唱

用我浓重的乡音

岁月，为我谱出流动的旋律

生活为我添上旋转的歌词

我穿梭于阳光与绿地之间

用心灵深处的真诚

顺着历史的血管

把走向成熟的生活歌唱

半亩花田

一朵云

一朵云吸引了谁的眼球
成为谁心心念念的牵挂

或远或近的身姿
又成为谁不舍的等待

总想揭开谜一样的面纱
让那颗飘着的心有个歇脚的地方

飘荡的雨时不时淋湿眼睛
那朵云是否也有心碎的滋味

触摸不到的云，给谁制造了
一个空中楼阁，装饰了谁的梦境

又把谁带入无尽的思念
又把谁搁浅在半空

格桑花

雪域高原的公主
纤细修长的身姿，蝴蝶般的脸庞
轻盈灵动，摇曳生香

无边的寒冷想吹皱她的容颜
炽热的阳光想融化她的腰身
肆虐的风沙想吹走她的信念

在如歌的岁月里，她
绰约玉立，净心若简
美而不娇，柔而不弱

用纯净的白　淡雅的粉　艳丽的红
在高山幽谷中，宛若天仙
留下一幅幅迷人的画卷……

半亩花田

茉莉花

不经意间
你悄然开放
幽幽的清香
浅浅的色彩

如同清纯的少女
将淡淡的思绪
写在自然的血管里
藏在炫耀的后面

我愿意

我愿意是晨间的一米阳光
轻轻地洒进你的心房
温柔地抚摸你的忧思

我愿意是山涧的一间小屋
远离城市的喧闹与浮华
送给你片刻的安然

我愿意是夜空中的一颗小星
夜夜挂在你的窗前
为你歌唱，催你入眠

我愿意倾尽余生所有时光
让心与心的拥抱
融化岁月里的感伤

半亩花田

门的故事

生活在幸与不幸的边缘

一面风吹雨蚀

一面温馨如花

当流浪的思绪

推开爱的心扉

你就拥有一隅春天的絮语

门里的故事

抚平你丁香般的愁怨

当白云召唤你

墙外的春色诱惑你

走向更广阔的田野

门外的故事

让你在时光的洗礼中成长

门像一道分水岭

开合之间给你不同的感受

如果你选择了温馨的小屋

生活就会变成一张庸俗的温床

如果你走向广袤的原野
斜风细雨会不断袭击你的心灵

选择是一种痛苦
门里门外的故事追逐你
放飞一生的疲惫

半亩花田

一只白鸽

那个温润如玉男子的演唱会
把人带进柔情万千的世界

略带忧伤，冷静温暖
如一条丝滑的长长绸带
飘出许多人内心的狂欢

是一杯红酒　更是一杯清茶
让人沉沦，回味甘甜
忘却纷飞，醉在美妙与遐想

手机里一滴水的声音
是放飞的信鸽，像海一样的
音乐会，正是我想送出去的心情

一只白鸽，轻易地打开心扉
闯进我的梦里，如那
空灵的歌声，清澈而温暖

诗的光芒

——怀念诗人石磊

癸卯兔年腊月十八

是鞭炮阵阵的好日子

会饮书会的现场，暖意融融

四块石头垒起的诗人——石磊

诗歌诵读品鉴会

在榆林读者大书房二楼绕梁

几位诗友满含深情地朗诵着

北草地的风　无定河的水

高的杨　低的柳　榆林城墙十三里

白天的月亮　神的面具和光……

如汤汤流水

滋润着与会者的心田

沿着光的脚印，共同追思着

一个戴着眼镜，瘦弱而有力量的诗人

一手举着酒瓶，一手盛满诗情

闪现的灵光，把对这块土地的爱恋

无奈和悲催，用分行的语言

表达出比生活更有韵味的哲思

我仿佛看见田野里
一束饱受岁月磨难的稻穗
在风雨飘摇中，逐渐消失了踪影
一个堂堂如大鼓，凄切似二胡的
诗人，五十三载
潦草的人生，执着于对缪斯的热爱

钟情的诗歌，让他复活在结束的路上

辑六　半亩花田

迟到的相约

一起坐过的长椅
此时，你一人独占
手里的红玫瑰
在等待焰火闪烁

白色的连衣裙
飘逸的长发，银铃般的笑声
此刻，好像在浓雾弥漫的
空气中回荡

一场迟到的相约
在温柔依旧　容颜黄昏的
时光隧道里踱步

半亩花田

给你一杯水

一杯水，盛满生命的渴望
你是否感觉到一种真诚

一杯水，以澄澈见底的清纯
在你的眼前停留
期待给你心灵的慰藉

一杯水，静静地
展现生活的一个场景
蕴藏着温馨

君子之交淡如水
是这杯水吗
我不知道，但有人知道

一杯水，就这样给你
以我坦诚的微笑
从山涧的小溪叮咚而来

一首交响曲

每一个专注的神情

每一次用心的表达

都是生活的逗号和音符

长笛的独奏

各式提琴吹管的加入

是乐曲的一个段落

是生活的一个小句号

时而阳光明媚，时而浪花飞溅

时而奔流不息，时而舒缓忧伤

看似独立却又相互交融，构成了

一组列车驰过的风景

交织的点滴

是一幅斑斓的画卷

在迎新的路上，奏响

奔跑的乐章

行走的风景

翻过山丘，就是一片金灿灿的稻田
一个年轻的身影
追逐着阳光的色彩

小鸟在半空中鸣唱
舒展的风　捕捉旗帜
走在追逐梦想的路上

蝴蝶　蜻蜓　流云
美的身姿都是追寻的方向
渲染七彩的童趣

灿烂的菊花像一盏盏花灯
闪烁着蝴蝶般的色彩
行走的人就是最美的风景

与一首诗天荒地老

小鸟把清亮的歌声
献给每一个清晨和黄昏
在它的世界里
守着明艳后的孤独

一只蝼蚁
爬行在低微的生活里
大象昂首阔步走过
无视它咀嚼细碎食物的声音

我在喧嚣的人世
享受阳光，也享受夜色
更多时候，沉浸于清欢与幽静
与一首诗天荒地老

后记 ✳ ✳ ✳ ✳ ✳

藏诗于心

马　翎

"心有半亩花田，藏于世俗人间"，用来表达我对诗歌的情感再确切不过了。诗歌是我心灵的花园，在这个花园里，可以抒怀，可以忧伤，可以飞舞，也可以内心花开。不求所有日子泛着光，只愿内心浸着暖。

说起我与诗歌的缘分，好像是身体里一个细胞的觉醒。1986年考入陕西省榆林师范学校，站在榆师的大门口，沿着九十九个台阶拾级而上，青春的诗意自然萌发，在校期间，有几首稚嫩的诗发表在当时的《塞上柳》《榆林报》上。参加工作后，做了二十多年的办公室工作，主要职责就是不断地写公文。三十余年的工作经历也从未离开文字，有好长一段时间，淹没于柴米油盐之中，诗写得少了一些，但爱诗的心从未改变，写诗的念头又时常萌动，白纸上流浪，静夜里写诗，整理了一下才发现发表了的作品也有厚厚的一沓。

说实话，与其说我在写诗，不如说我在记录生活瞬间的感动。我知道自己捕捉不了闪电，那就捕捉生活的小浪花、小确幸、小阳光，把内心固有的纯真善良，淬炼成幸福的容器。

这本诗集精选了我三十多年来创作的近两百首短诗，多数为发表过的作品，共分为六辑。第一辑"镌刻生活"，通过一个个定格的画面，抒写对亲人故乡的深情眷恋，以及自身感怀。第二辑至第五辑分别为："撞怀春天""点燃星星""爱上月亮""绽放雪花"，以春夏秋冬为序，歌咏四季风物，赋予了不同情感。第六辑"半亩花田"，以现实生活为片段，记录生活中所见所感，在心灵一角留下的芬芳。诗集呈现的每一首诗都有来处，都是灵感之花的绽放，都是我沉静运思的产物。

也收录了一些早期发表过的青春稚嫩的诗句，未加修饰，只为保留诗路历程中瞬间的真实。如《告别故乡》《给你一杯水》《门的故事》《黄土地》《给如诗如梦的女孩》《最爱我的人走了》《致襁褓中的儿子》等。《致襁褓中的儿子》中印象最深的几句是："因为有了你，妈妈更像一个大人/曾为黑暗哭喊的我，如今却像一只狼/守护着你　守护着夜""俯视着你，犹如背靠着一座山/梦里都有和你一起长大的笑容"。三十年过去了，这些句子仍然在耳边回响，初为人母的英雄气和自豪感仿佛就在昨天。

诗就像一双温柔的手，以丝绢般的细腻，抚慰着心灵的颤抖。每一首小诗是因为打动了我才诞生的，它们都是我的孩子。在好多人看来，诗歌是无用的，但诗歌漫染了我的灵魂，让我走过生活的泥泞，在文字里看见童真的自己，始终闪亮着人性的善良和纯正，始终心存美好。我相信：无论这个社会怎样发展变迁，只要我还能读诗、写诗，就能感受到温暖，感受到力量，感受到人性的光芒，这些感受就能永远投射到我的前路和远方。

　　一直觉得写诗是奢侈的幸福，从事文字工作是一场寂寞的旅程。创作并整理这本诗集，就是对诗意人生的一次总结。整理这本诗集的过程中，得到了诸多亲朋好友的鼓励和鞭策，不再一一赘述。感恩生命里所有的遇见，感恩每一位默默关注我的人，感恩给我阳光、温暖、伤害、鼓励的人。你们都是我诗意生发的源泉和动力。特别要感谢的是我的家人亲人，是你们的放任包容，让我心有童真，常有奇想，心生欢喜。

　　诗集也是我对山河大地的一份眷恋，一份惦念，一次全身心的交付，也是给自己钟爱的缪斯女神献上的一份薄礼。

　　亲爱的，如果这本小册子正好与你相遇而承蒙开卷阅读，那将是我生命之灯的再一次点亮和开启。

　　甚幸！有诗，有你，有我！

2024年3月于榆林上郡府